Gottfried Keller

Spiegel, das Kätzchen

Ein Märchen

Gottfried Keller: Spiegel, das Kätzchen. Ein Märchen

Entstanden 1855. Erstdruck: Braunschweig (Vieweg) 1856.

Neuausgabe mit einer Biographie des Autors
Herausgegeben von Karl-Maria Guth
Berlin 2017

Der Text dieser Ausgabe folgt:
Gottfried Keller: Sämtliche Werke in acht Bänden, Berlin: Aufbau, 1958–1961.

Die Paginierung obiger Ausgabe wird hier als Marginalie zeilengenau mitgeführt.

Umschlaggestaltung von Thomas Schultz-Overhage

Gesetzt aus der Minion Pro, 12 pt

Verlag: Henricus - Edition Deutsche Klassik GmbH
Mörchinger Str. 33, 14169 Berlin, info@henricus-verlag.de
Druck: Libri Plureos GmbH, Friedensallee 273, 22763 Hamburg

Die Ausgaben der Sammlung Hofenberg basieren auf zuverlässigen Textgrundlagen. Die Seitenkonkordanz zu anerkannten Studienausgaben machen Hofenbergtexte auch in wissenschaftlichem Zusammenhang zitierfähig.

ISBN 978-3-7437-0489-3

Bibliografische Information der Deutschen Nationalbibliothek

Die Deutsche Nationalbibliothek verzeichnet diese Publikation in der Deutschen Nationalbibliografie; detaillierte bibliografische Daten sind im Internet über www.dnb.de abrufbar.

Spiegel, das Kätzchen

Ein Märchen

Wenn ein Seldwyler einen schlechten Handel gemacht hat oder angeführt worden ist, so sagt man zu Seldwyla: Er hat der Katze den Schmer abgekauft! Dies Sprichwort ist zwar auch anderwärts gebräuchlich, aber nirgends hört man es so oft wie dort, was vielleicht daher rühren mag, daß es in dieser Stadt eine alte Sage gibt über den Ursprung und die Bedeutung dieses Sprichwortes.

Vor mehreren hundert Jahren, heißt es, wohnte zu Seldwyla eine ältliche Person allein mit einem schönen, grau und schwarzen Kätzchen, welches in aller Vergnügtheit und Klugheit mit ihr lebte und niemandem, der es ruhig ließ, etwas zuleide tat. Seine einzige Leidenschaft war die Jagd, welche es jedoch mit Vernunft und Mäßigung befriedigte, ohne sich durch den Umstand, daß diese Leidenschaft zugleich einen nützlichen Zweck hatte und seiner Herrin wohlgefiel, beschönigen zu wollen und allzusehr zur Grausamkeit hinreißen zu lassen. Es fing und tötete daher nur die zudringlichsten und frechsten Mäuse, welche sich in einem gewissen Umkreise des Hauses betreten ließen, aber diese dann mit zuverlässiger Geschicklichkeit; nur selten verfolgte es eine besonders pfiffige Maus, welche seinen Zorn gereizt hatte, über diesen Umkreis hinaus und erbat sich in diesem Falle mit vieler Höflichkeit von den Herren Nachbaren die Erlaubnis, in ihren Häusern ein wenig mausen zu dürfen, was ihm gerne gewährt wurde, da es die Milchtöpfe stehenließ, nicht an die Schinken hinaufsprang, welche etwa an den Wänden hingen, sondern seinem Geschäfte still und aufmerksam oblag und, nachdem es dieses verrichtet, sich mit dem Mäuslein im Maule anständig entfernte. Auch war das Kätzchen gar nicht scheu und unartig, sondern zutraulich gegen jedermann und floh nicht vor vernünftigen Leuten; vielmehr ließ es sich von solchen einen guten Spaß gefallen und selbst ein bißchen an den Ohren zupfen, ohne zu kratzen; dagegen ließ es sich von einer Art dummer Menschen, von welchen es behauptete, daß die Dummheit aus einem unreifen und nichtsnutzigen Herzen käme, nicht das mindeste gefallen und ging ihnen entweder aus dem Wege oder versetzte ihnen einen ausreichenden Hieb über die Hand, wenn sie es mit einer Plumpheit molestierten.

Spiegel, so war der Name des Kätzchens wegen seines glatten und glänzenden Pelzes, lebte so seine Tage heiter, zierlich und beschaulich dahin, in anständiger Wohlhabenheit und ohne Überhebung. Er saß nicht zu oft auf der Schulter seiner freundlichen Gebieterin, um ihr die Bissen von der Gabel wegzufangen, sondern nur, wenn er merkte, daß ihr dieser Spaß angenehm war; auch lag und schlief er den Tag über selten auf seinem warmen Kissen hinter dem Ofen, sondern hielt sich munter und liebte es eher, auf einem schmalen Treppengeländer oder in der Dachrinne zu liegen und sich philosophischen Betrachtungen und der Beobachtung der Welt zu überlassen. Nur jeden Frühling und Herbst einmal wurde dies ruhige Leben eine Woche lang unterbrochen, wenn die Veilchen blühten oder die milde Wärme des Alteweibersommers die Veilchenzeit nachäffte. Alsdann ging Spiegel seine eigenen Wege, streifte in verliebter Begeisterung über die fernsten Dächer und sang die allerschönsten Lieder. Als ein rechter Don Juan bestand er bei Tag und Nacht die bedenklichsten Abenteuer, und wenn er sich zur Seltenheit einmal im Hause sehen ließ, so erschien er mit einem so verwegenen, burschikosen, ja liederlichen und zerzausten Aussehen, daß die stille Person, seine Gebieterin, fast unwillig ausrief: »Aber Spiegel! Schämst du dich denn nicht, ein solches Leben zu führen?« Wer sich aber nicht schämte, war Spiegel; als ein Mann von Grundsätzen, der wohl wußte, was er sich zur wohltätigen Abwechslung erlauben durfte, beschäftigte er sich ganz ruhig damit, die Glätte seines Pelzes und die unschuldige Munterkeit seines Aussehens wiederherzustellen, und er fuhr sich so unbefangen mit dem feuchten Pfötchen über die Nase, als ob gar nichts geschehen wäre.

Allein dies gleichmäßige Leben nahm plötzlich ein trauriges Ende. Als das Kätzchen Spiegel eben in der Blüte seiner Jahre stand, starb die Herrin unversehens an Altersschwäche und ließ das schöne Kätzchen herrenlos und verwaist zurück. Es war das erste Unglück, welches ihm widerfuhr, und mit jenen Klagetönen, welche so schneidend den bangen Zweifel an der wirklichen und rechtmäßigen Ursache eines großen Schmerzes ausdrücken, begleitete es die Leiche bis auf die Straße und strich den ganzen übrigen Tag ratlos im Hause und rings um dasselbe her. Doch seine gute Natur, seine Vernunft und Philosophie geboten ihm bald, sich zu fassen, das Unabänderliche zu tragen und seine dankbare Anhänglichkeit an das Haus seiner toten Gebieterin dadurch zu beweisen, daß er ihren lachenden Erben seine Dienste anbot und sich bereit machte, denselben mit Rat und Tat beizustehen, die Mäuse ferner im Zaume zu halten und überdies ihnen manche gute Mitteilung zu machen, welche die Törichten nicht verschmäht hätten, wenn sie eben nicht unvernünftige Menschen gewesen wären. Aber diese Leute ließen Spiegel gar nicht zu Worte kommen, sondern warfen ihm die Pantoffeln und das artige Fußschemelchen der Seligen an den Kopf, sooft er sich blicken ließ, zankten sich acht Tage lang untereinander, begannen endlich einen Prozeß und schlossen das Haus bis auf weiteres zu, so daß nun gar niemand darin wohnte.

Da saß nun der arme Spiegel traurig und verlassen auf der steinernen Stufe vor der Haustüre und hatte niemand, der ihn hineinließ. Des Nachts begab er sich wohl auf Umwegen unter das Dach des Hauses, und im Anfang hielt er sich einen großen

Teil des Tages dort verborgen und suchte seinen Kummer zu verschlafen; doch der Hunger trieb ihn bald an das Licht und nötigte ihn, an der warmen Sonne und unter den Leuten zu erscheinen, um bei der Hand zu sein und zu gewärtigen, wo sich etwa ein Maulvoll geringer Nahrung zeigen möchte. Je seltener dies geschah, desto aufmerksamer wurde der gute Spiegel, und alle seine moralischen Eigenschaften gingen in dieser Aufmerksamkeit auf, so daß er sehr bald sich selber nicht mehr gleichsah. Er machte zahlreiche Ausflüge von seiner Haustüre aus und stahl sich scheu und flüchtig über die Straße, um manchmal mit einem schlechten unappetitlichen Bissen, dergleichen er früher nie angesehen, manchmal mit gar nichts zurückzukehren. Er wurde von Tag zu Tag magerer und zerzauster, dabei gierig, kriechend und feig; all sein Mut, seine zierliche Katzenwürde, seine Vernunft und Philosophie waren dahin. Wenn die Buben aus der Schule kamen, so kroch er in einen verborgenen Winkel, sobald er sie kommen hörte, und guckte nur hervor, um aufzupassen, welcher von ihnen etwa eine Brotrinde wegwürfe, und merkte sich den Ort, wo sie hinfiel. Wenn der schlechteste Köter von weitem ankam, so sprang er hastig fort, während er früher gelassen der Gefahr ins Auge geschaut und böse Hunde oft tapfer gezüchtigt hatte. Nur wenn ein grober und einfältiger Mensch daherkam, dergleichen er sonst klüglich gemieden, blieb er sitzen, obgleich das arme Kätzchen mit dem Reste seiner Menschenkenntnis den Lümmel recht gut erkannte; allein die Not zwang Spiegelchen, sich zu täuschen und zu hoffen, daß der Schlimme ausnahmsweise einmal es freundlich streicheln und ihm einen Bissen darreichen werde. Und selbst wenn er statt dessen nun doch geschlagen oder in den Schwanz gekneift wurde, so kratzte er nicht, sondern duckte sich lautlos zur Seite und sah dann noch verlangend nach der Hand, die es geschlagen und gekneift und welche nach Wurst oder Hering roch.

Als der edle und kluge Spiegel so heruntergekommen war,

saß er eines Tages ganz mager und traurig auf seinem Steine und blinzelte in der Sonne. Da kam der Stadthexenmeister Pineiß des Weges, sah das Kätzchen und stand vor ihm still. Etwas Gutes hoffend, obgleich es den Unheimlichen wohl kannte, saß Spiegelchen demütig auf dem Stein und erwartete, was der Herr Pineiß etwa tun oder sagen würde. Als dieser aber begann und sagte »Na, Katze! Soll ich dir deinen Schmer abkaufen?« da verlor es die Hoffnung, denn es glaubte, der Stadthexenmeister wolle es seiner Magerkeit wegen verhöhnen. Doch erwiderte er bescheiden und lächelnd, um es mit niemand zu verderben: »Ach, der Herr Pineiß belieben zu scherzen!« – »Mitnichten!« rief Pineiß, »es ist mir voller Ernst! Ich brauche Katzenschmer vorzüglich zur Hexerei; aber er muß mir vertragsmäßig und freiwillig von den werten Herren Katzen abgetreten werden, sonst ist er unwirksam. Ich denke, wenn je ein wackeres Kätzlein in der Lage war, einen vorteilhaften Handel abzuschließen, so bist es du! Begib dich in meinen Dienst; ich füttere dich herrlich heraus, mache dich fett und kugelrund mit Würstchen und gebratenen Wachteln. Auf dem ungeheuer hohen alten Dache meines Hauses, welches nebenbei gesagt das köstlichste Dach von der Welt ist für eine Katze, voll interessanter Gegenden und Winkel, wächst auf den sonnigsten Höhen treffliches Spitzgras, grün wie Smaragd, schlank und fein in den Lüften schwankend, dich einladend, die zartesten Spitzen abzubeißen und zu genießen, wenn du dir an meinen Leckerbissen eine leichte Unverdaulichkeit zugezogen hast. So wirst du bei trefflicher Gesundheit bleiben und mir dereinst einen kräftigen brauchbaren Schmer liefern!«

Spiegel hatte schon längst die Ohren gespitzt und mit wässerndem Mäulchen gelauscht; doch war seinem geschwächten Verstande die Sache noch nicht klar, und er versetzte daher »Das ist soweit nicht übel, Herr Pineiß! Wenn ich nur wüßte, wie ich alsdann, wenn ich doch, um Euch meinen Schmer abzutreten, mein Leben lassen muß, des verabredeten Preises habhaft werden und ihn genießen soll, da ich nicht mehr bin?« – »Des Preises habhaft werden?« sagte der Hexenmeister verwundert, »den Preis genießest du ja eben in den reichlichen und üppigen Speisen, womit ich dich fett mache, das versteht sich von selber! Doch will ich dich zu dem Handel nicht zwingen!« Und er machte Miene, sich von dannen begeben zu wollen. Aber Spiegel sagte hastig und ängstlich: »Ihr müßt mir wenigstens eine mäßige Frist gewähren über die Zeit meiner höchsten erreichten Rundheit und Fettigkeit hinaus, daß ich nicht so jählings von hinnen gehen muß, wenn jener angenehme und ach! so traurige Zeitpunkt herangekommen und entdeckt ist!«

»Es sei!« sagte Herr Pineiß mit anscheinender Gutmütigkeit, »bis zum nächsten Vollmond sollst du dich alsdann deines angenehmen Zustandes erfreuen dürfen, aber nicht länger! Denn in den abnehmenden Mond hinein darf es nicht gehen, weil dieser einen vermindernden Einfluß auf mein wohlerworbenes Eigentum ausüben würde.«

Das Kätzchen beeilte sich zuzuschlagen und unterzeichnete einen Vertrag, welchen der Hexenmeister im Vorrat bei sich führte, mit seiner scharfen Handschrift, welche sein letztes Besitztum und Zeichen besserer Tage war.

»Du kannst dich nun zum Mittagessen bei mir einfinden, Kater!« sagte der Hexer, »Punkt zwölf Uhr wird gegessen!« – »Ich werde so frei sein, wenn Ihr's erlaubt!« sagte Spiegel und fand sich pünktlich um die Mittagsstunde bei Herrn Pineiß ein. Dort begann nun während einiger Monate ein höchst angenehmes Leben für das Kätzchen; denn es hatte auf der Welt weiter nichts zu tun, als die guten Dinge zu verzehren, die man ihm vorsetzte, dem Meister bei der Hexerei zuzuschauen, wenn es mochte, und auf dem Dache spazierenzugehen. Dies Dach glich einem ungeheuren schwarzen Nebelspalter oder Dreiröhrenhut, wie man die großen Hüte der schwäbischen Bauern nennt, und wie ein solcher Hut ein Gehirn voller Nücken und Finten überschattet, so bedeckte dies Dach ein großes, dunkles und winkliges Haus voll Hexenwerk und Tausendsgeschichten. Herr Pineiß war ein Kann-alles, welcher hundert Ämtchen versah, Leute kurierte, Wanzen vertilgte, Zähne auszog und Geld auf Zinsen lieh; er war der Vormünder aller Waisen und Witwen, schnitt in seinen Mußestunden Federn, das Dutzend für einen Pfennig, und machte schöne schwarze Dinte; er handelte mit Ingwer und Pfeffer, mit Wagenschmiere und Rossoli, mit Heftlein und Schuhnägeln, er renovierte die Turmuhr und machte jährlich den Kalender mit der Witterung, den Bauernregeln und dem Aderlaßmännchen; er verrichtete zehntausend rechtliche Dinge am hellen Tag um mäßigen Lohn und einige unrechtliche nur in der Finsternis und aus Privatleidenschaft, oder hing auch den rechtlichen, ehe er sie aus seiner Hand entließ, schnell noch ein unrechtliches Schwänzchen an, so klein wie die Schwänzchen der jungen Frösche, gleichsam nur der Possierlichkeit wegen. Überdies machte er das Wetter in schwierigen Zeiten, überwachte mit seiner Kunst die Hexen, und wenn sie reif waren, ließ er sie verbrennen; für sich trieb er die Hexerei nur als wissenschaftlichen Versuch und zum Hausgebrauch, so wie er auch die Stadtgesetze, die er redigierte und ins reine schrieb, unter der Hand probierte und verdrehte, um ihre Dauerhaftigkeit zu ergründen. Da die Seldwyler stets einen solchen Bürger brauchten, der alle unlustigen kleinen und großen Dinge für sie tat, so war er zum Stadthexenmeister ernannt worden und bekleidete dies Amt schon seit vielen Jahren mit unermüdlicher Hingebung und Geschicklichkeit, früh und spät. Daher war sein Haus von unten bis oben vollgestopft mit allen erdenklichen Dingen, und Spiegel hatte viel Kurzweil, alles zu besehen und zu beriechen.

Doch im Anfang gewann er keine Aufmerksamkeit für andere Dinge als für das Essen. Er schlang gierig alles hinunter, was Pineiß ihm darreichte, und mochte kaum von einer Zeit zur anderen warten. Dabei überlud er sich den Magen und mußte wirklich auf das Dach gehen, um dort von den grünen Gräsern abzubeißen und sich von allerhand Unwohlsein zu kurieren. Als der Meister diesen Heißhunger bemerkte, freute er sich und dachte, das Kätzchen würde solcherweise recht bald fett werden, und je besser er daranwende, desto klüger verfahre und spare er im ganzen. Er baute daher für Spiegel eine ordentliche Landschaft in seiner Stube, indem er ein Wäldchen von Tannenbäumchen aufstellte, kleine Hügel von Steinen und Moos errichtete und einen kleinen See anlegte. Auf die Bäumchen setzte er duftig gebratene Lerchen, Finken, Meisen und Sperlinge, je nach der Jahreszeit, so daß da Spiegel immer etwas herunterzuholen und zu knabbern vorfand. In die kleinen Berge versteckte er in künstlichen Mauslöchern herrliche Mäuse, welche er sorgfältig mit Weizenmehl gemästet, dann ausgeweidet, mit zarten Speckriemchen gespickt und gebraten hatte. Einige dieser Mäuse konnte Spiegel mit der Hand hervorholen, andere waren zur Erhöhung des Vergnügens tiefer verborgen, aber an einen Faden gebunden, an welchem Spiegel sie behutsam hervorziehen mußte, wenn er diese Lustbarkeit einer nachgeahmten Jagd genießen wollte. Das Becken des Sees aber füllte Pineiß alle Tage mit frischer Milch, damit Spiegel in der süßen seinen Durst lösche, und ließ gebratene Gründlinge darin schwimmen, da er wußte, daß Katzen zuweilen auch die Fischerei lieben. Aber da nun Spiegel ein so herrliches Leben führte, tun und lassen, essen und trinken konnte, was ihm beliebte und wann es ihm einfiel, so gedieh er allerdings zusehends an seinem Leibe; sein Pelz wurde wieder glatt und glänzend und sein Auge munter; aber zugleich nahm er, da sich seine Geisteskräfte in gleichem Maße wieder ansammelten, bessere Sitten an; die wilde Gier legte sich, und weil er jetzt eine traurige Erfahrung hinter sich hatte, so wurde er nun klüger als zuvor. Er mäßigte sich in seinen Gelüsten und fraß nicht mehr, als ihm zuträglich war, indem er zugleich wieder vernünftigen und tiefsinnigen Betrachtungen nachging und die Dinge wieder durchschaute. So holte er eines Tages einen hübschen Krammetsvogel von den Ästen herunter, und als er den selben nachdenklich zerlegte, fand er dessen kleinen Magen ganz kugelrund angefüllt mit frischer unversehrter Speise. Grüne Kräutchen, artig zusammengerollt, schwarze und weiße Samenkörner und eine glänzend rote Beere waren da so niedlich und dicht ineinander gepfropft, als ob ein Mütterchen für ihren Sohn das Ränzchen zur Reise gepackt hätte. Als Spiegel den Vogel langsam verzehrt und das so vergnüglich gefüllte Mäglein an seine Klaue hing und philosophisch betrachtete, rührte ihn da Schicksal des armen Vogels, welcher nach so friedlich verbrachtem Geschäft so schnell sein Leben lassen gemußt, daß er nicht einmal die eingepackten Sachen verdauen konnte. »Was hat er nun davon gehabt, der arme Kerl«, sagte Spiegel, »daß er sich so fleißig und eifrig genährt hat, daß dies kleine Säckchen aussieht wie ein wohlvollbrachtes Tagewerk? Diese rote Beere ist es, die ihn aus dem freien Walde in die Schlinge des Vogelstellers gelockt hat. Aber er dachte doch, seine Sache noch besser zu machen und sein Leben an solchen Beeren zu fristen, während ich, der ich soeben den unglücklichen Vogel gegessen, daran mich nur um einen Schritt näher zum Tode gegessen habe! Kann man einen elendern und feigern Vertrag abschließen, als sein Leben noch ein Weilchen fristen zu lassen, um es dann um diesen Preis doch zu verlieren? Wäre nicht ein freiwilliger und schneller Tod vorzuziehen gewesen für einen entschlossenen Kater? Aber ich habe keine Gedanken gehabt, und nun, da ich wieder solche habe, sehe ich nichts vor mir als das Schicksal dieses Krammetsvogels; wenn ich rund genug bin, so muß ich von hinnen, aus keinem andern Grunde, als weil ich, rund bin. Ein schöner Grund für einen lebenslustigen und gedankenreichen Katzmann! Ach, könnte ich aus dieser Schlinge kommen!«

Er vertiefte sich nun in vielfältige Grübeleien, wie das gelingen möchte; aber da die Zeit der Gefahr noch nicht da war, so wurde es ihm nicht klar, und er fand keinen Ausweg; aber als ein kluger Mann ergab er sich bis dahin der Tugend und der Selbstbeherrschung, welches immer die beste Vorschule und Zeitverwendung ist, bis sich etwas entscheiden soll. Er verschmähte das weiche Kissen, welches ihm Pineiß zurechtgelegt hatte, damit er fleißig darauf schlafen und fett werden sollte, und zog es vor, wieder auf schmalen Gesimsen und hohen gefährlichen Stellen zu liegen, wenn er ruhen wollte. Ebenso verschmähte er die gebratenen Vögel und die gespickten Mäuse und fing sich lieber auf den Dächern, da er nun wieder einen rechtmäßigen Jagdgrund hatte, mit List und Gewandtheit einen schlichten lebendigen Sperling oder auf den Speichern eine flinke Maus, und solche Beute schmeckte ihm vortrefflicher als das gebratene Wild in Pineißens künstlichem Gehege, während sie ihn nicht zu fett machte; auch die Bewegung und Tapferkeit sowie der wiedererlangte Gebrauch der Tugend und Philosophie verhinderten ein zu schnelles Fettwerden, so daß Spiegel zwar gesund und glänzend aussah, aber zu Pineißens Verwunderung auf einer gewissen Stufe der Beleibtheit stehenblieb, welche lange nicht das erreichte, was der Hexenmeister mit seiner freundlichen Mästung bezweckte; denn dieser stellte sich darunter ein kugelrundes, schwerfälliges Tier vor, welches sich nicht vom Ruhekissen bewegte und aus eitel Schmer bestand. Aber hierin hatte sich seine Hexerei eben geirrt, und er wußte bei aller Schlauheit nicht, daß, wenn man einen Esel füttert, derselbe ein Esel bleibt, wenn man aber einen Fuchsen speiset, derselbe nichts anders wird als ein Fuchs; denn jede Kreatur wächst sich nach ihrer Weise aus. Als Herr Pineiß entdeckte, wie Spiegel immer auf demselben Punkte einer wohlgenährten, aber geschmeidigen und rüstigen Schlankheit stehenblieb, ohne eine erkleckliche Fettigkeit anzusetzen, stellte er ihn eines Abends plötzlich zur Rede und sagte barsch: »Was ist das, Spiegel? Warum frissest du die guten Speisen nicht, die ich dir mit so viel Sorgfalt und Kunst präpariere und herstelle? Warum fängst du die gebratenen Vögel nicht auf den Bäumen, warum suchst du die leckeren Mäuschen nicht in den Berghöhlen? Warum fischest du nicht mehr in dem See? Warum pflegst du dich nicht? Warum schläfst du nicht auf dem Kissen? Warum strapazierst du dich und wirst mir nicht fett?« – »Ei, Herr Pineiß!« sagte Spiegel, »weil es mir wohler ist auf diese Weise! Soll ich meine kurze Frist nicht auf die Art verbringen, die mir am angenehmsten ist?« – »Wie!« rief Pineiß, »du sollst so leben, daß du dick und rund wirst, und nicht dich abjagen! Ich merke aber wohl, wo du hinauswillst! Du denkst mich zu äffen und hinzuhalten, daß ich dich in Ewigkeit in diesem Mittelzustande herumlaufen lasse? Mitnichten soll dir das gelingen! Es ist deine Pflicht, zu essen und zu trinken und dich zu pflegen, auf daß du dich werdest und Schmer bekommst! Auf der Stelle entsage daher dieser hinterlistigen und kontraktwidrigen Mäßigkeit, oder ich werde ein Wörtlein mit dir sprechen!«

Spiegel unterbrach sein behagliches Spinnen, das er angefangen, um seine Fassung zu behaupten, und sagte »Ich weiß kein Sterbenswörtchen davon, daß in dem Kontrakt steht, ich solle der Mäßigkeit und einem gesunden Lebenswandel entsagen! Wenn der Herr Stadthexenmeister darauf gerechnet hat, daß ich ein fauler Schlemmer sei, so ist das nicht meine Schuld! Ihr tut tausend rechtliche Dinge des Tages, so lasset dieses auch noch hinzukommen und uns beide hübsch in der Ordnung bleiben; denn Ihr wißt ja wohl, daß Euch mein Schmer nur nützlich ist, wenn er auf rechtliche Weise erwachsen!« – »Ei du Schwätzer!« rief Pineiß erbost, »willst du mich belehren? Zeig her, wie weit bist du denn eigentlich gediehen, du Müßiggänger? Vielleicht kann man dich doch bald abtun!« Er griff dem Kätzchen an den Bauch; allein dieses fühlte sich dadurch unangenehm gekitzelt und hieb dem Hexenmeister einen scharfen Kratz über die Hand.

Diesen betrachtete Pineiß aufmerksam, dann sprach er »Stehen wir so miteinander, du Bestie? Wohlan, so erkläre ich dich hiemit feierlich, kraft des Vertrages, für fett genug! Ich begnüge mich mit dem Ergebnis und werde mich desselben zu versichern wissen! In fünf Tagen ist der Mond voll, und bis dahin magst du dich noch deines Lebens erfreuen, wie es geschrieben steht, und nicht eine Minute länger!« Damit kehrte er ihm den Rücken und überließ ihn seinen Gedanken.

Diese waren jetzt sehr bedenklich und düster. So war denn die Stunde doch nahe, wo der gute Spiegel seine Haut lassen sollte? Und war mit aller Klugheit gar nichts mehr zu machen? Seufzend stieg er auf das hohe Dach, dessen Firste dunkel in den schönen Herbstabendhimmel emporragten. Da ging der Mond über der Stadt auf und warf seinen Schein auf die schwarzen bemoosten Hohlziegel des alten Daches, ein lieblicher Gesang tönte in Spiegels Ohren, und eine schneeweiße Kätzin wandelte glänzend über einen benachbarten First weg. Sogleich vergaß Spiegel die Todesaussichten, in welchen er lebte, und erwiderte mit seinem schönsten Katerliede den Lobgesang der Schönen. Er eilte ihr entgegen und war bald im hitzigen Gefecht mit drei fremden Katern begriffen, die er mutig und wild in die Flucht schlug. Dann machte er der Dame feurig und ergeben den Hof und brachte Tag und Nacht bei ihr zu, ohne an den Pineiß zu denken oder im Hause sich sehen zu lassen. Er sang wie eine Nachtigall die schönen Mondnächte hindurch, jagte hinter der weißen Geliebten her über die Dächer, durch die Gärten, und rollte mehr als einmal im heftigen Minnespiel oder im Kampfe mit den Rivalen über hohe Dächer hinunter und fiel auf die Straße; aber nur um sich aufzuraffen, das Fell zu schütteln und die wilde Jagd seiner Leidenschaften von neuem anzuheben. Stille und laute Stunden, süße Gefühle und zorniger Streit, anmutiges Zwiegespräch, witziger Gedankenaustausch, Ränke und Schwänke der Liebe und Eifersucht, Liebkosungen und Raufereien, die Gewalt des Glückes und die Leiden des Unsterns ließen den verliebten Spiegel nicht zu sich selbst kommen, und als die Scheibe des Mondes voll geworden, war er von allen diesen Aufregungen und Leidenschaften so heruntergekommen, daß er jämmerlicher, magerer und zerzauster aussah als je. Im selben Augenblicke rief ihm Pineiß aus einem Dachtürmchen: »Spiegelchen, Spiegelchen! Wo bist du? Komm doch ein bißchen nach Hause!«

Da schied Spiegel von der weißen Freundin, welche zufrieden und kühl miauend ihrer Wege ging, und wandte sich stolz seinem Henker zu. Dieser stieg in die Küche hinunter, raschelte mit dem Kontrakt und sagte »Komm, Spiegelchen, komm, Spiegelchen!« und Spiegel folgte ihm und setzte sich in der Hexenküche trotzig vor den Meister hin in all seiner Magerkeit und Zerzaustheit. Als Herr Pineiß erblickte, wie er so schmählich um seinen Gewinn gebracht war, sprang er wie besessen in die Höhe und schrie wütend »Was seh ich? Du Schelm, du gewissenloser Spitzbube! Was hast du mir getan?« Außer sich vor Zorn griff er nach einem Besen und wollte Spiegelein schlagen; aber dieser krümmte den schwarzen Rücken, ließ die Haare emporstarren, daß ein fahler Schein darüber knisterte, legte die Ohren zurück, prustete und funkelte den Alten so grimmig an, daß dieser voll Furcht und Entsetzen drei Schritt zurücksprang. Er begann zu fürchten, daß er einen Hexenmeister vor sich habe, welcher ihn foppe und mehr könne als er selbst. Ungewiß und kleinlaut sagte er »Ist der ehrsame Herr Spiegel vielleicht vom Handwerk? Sollte ein gelehrter Zaubermeister beliebt haben, sich in dero äußere Gestalt zu verkleiden, da er nach Gefallen über sein Leibliches gebieten und genauso beleibt werden kann, als es ihm angenehm dünkt, nicht zuwenig und nicht zuviel, oder unversehens so mager wird wie ein Gerippe, um dem Tode zu entschlüpfen?«

Spiegel beruhigte sich wieder und sprach ehrlich: »Nein, ich bin kein Zauberer! Es ist allein die süße Gewalt der Leidenschaft, welche mich so heruntergebracht und zu meinem Vergnügen Euer Fett dahingenommen hat. Wenn wir übrigens jetzt unser Geschäft von neuem beginnen wollen, so will ich tapfer dabeisein und dreinbeißen! Setzt mir nur eine recht schöne und große Bratwurst vor, denn ich bin ganz erschöpft und hungrig!« Da packte Pineiß den Spiegel wütend am Kragen, sperrte ihn in den Gänsestall, der immer leer war, und schrie »Da sieh zu, ob dir deine süße Gewalt der Leidenschaft noch einmal heraushilft und ob sie stärker ist als die Gewalt der Hexerei und meines rechtlichen Vertrages! Jetzt heißt's: Vogel friß und stirb!« Sogleich briet er eine lange Wurst, die so lecker duftete, daß er sich nicht enthalten konnte, selbst ein bißchen an beiden Zipfeln zu schlecken, ehe er sie durch das Gitter steckte. Spiegel fraß sie von vorn bis hinten auf, und indem er sich behaglich den Schnurrbart putzte und den Pelz leckte, sagte er zu sich selber »Meiner Seel! es ist doch eine schöne Sache um die Liebe! Die hat mich für diesmal wieder aus der Schlinge gezogen. Jetzt will ich mich ein wenig ausruhen und trachten, daß ich durch Beschaulichkeit und gute Nahrung wieder zu vernünftigen Gedanken komme! Alles hat seine Zeit! Heute ein bißchen Leidenschaft, morgen ein wenig Besonnenheit und Ruhe, ist jedes in seiner Weise gut. Dies Gefängnis ist gar nicht so übel, und es läßt sich gewiß etwas Ersprießliches darin ausdenken!« Pineiß aber nahm sich nun zusammen und bereitete alle Tage mit aller seiner Kunst solche Leckerbissen und in solch reizender Abwechslung und Zuträglichkeit, daß der gefangene Spiegel denselben nicht widerstehen konnte; denn Pineißens Vorrat an freiwilligem und rechtmäßigem Katzenschmer nahm alle Tage mehr ab und drohte nächstens ganz auszugehen, und dann war der Hexer ohne dies Hauptmittel ein geschlagener Mann. Aber der gute Hexenmeister nährte mit dem Leibe Spiegels dessen Geist immer wieder mit, und es war durchaus nicht von dieser unbequemen

Zutat loszukommen, weshalb auch seine Hexerei sich hier als lückenhaft erwies.

Als Spiegel in seinem Käfig ihm endlich fett genug dünkte, säumte er nicht länger, sondern stellte vor den Augen des aufmerksamen Katers alle Geschirre zurecht und machte ein helles Feuer auf dem Herd, um den langersehnten Gewinn auszukochen. Dann wetzte er ein großes Messer, öffnete den Kerker, zog Spiegelchen hervor, nachdem er die Küchentüre wohl verschlossen, und sagte wohlgemut: »Komm, du Sapperlöter! wir wollen dir den Kopf abschneiden vorderhand und dann das Fell abziehen! Dieses wird eine warme Mütze für mich geben, woran ich Einfältiger noch gar nicht gedacht habe! Oder soll ich, dir erst das Fell abziehen und dann den Kopf abschneiden?« – »Nein, wenn es Euch gefällig ist«, sagte Spiegel demütig, »lieber zuerst den Kopf abschneiden!« – »Hast recht, du armer Kerl!« sagte Herr Pineiß, »wir wollen dich nicht unnütz quälen! Alles, was recht ist!« – »Dies ist ein wahres Wort!« sagte Spiegel mit einem erbärmlichen Seufzer und legte das Haupt ergebungsvoll auf die Seite, »o hätt ich doch jederzeit getan, was recht ist, und nicht eine so wichtige Sache leichtsinnig unterlassen, so könnte ich jetzt mit besserm Gewissen sterben, denn ich sterbe gern; aber ein Unrecht erschwert mir den sonst so willkommenen Tod; denn was bietet mir das Leben? Nichts als Furcht, Sorge und Armut und zur Abwechslung einen Sturm verzehrender Leidenschaft, die noch schlimmer ist als die stille zitternde Furcht!« – »Ei, welches Unrecht, welche wichtige Sache?« fragte Pineiß neugierig. »Ach, was hilft das Reden jetzt noch«, seufzte Spiegel, »geschehen ist geschehen, und jetzt ist Reue zu spät!« – »Siehst du, Sappermenter, was für ein Sünder du bist?« sagte Pineiß, »und wie wohl du deinen Tod verdienst? Aber was Tausend hast du denn angestellt? Hast du mir vielleicht etwas entwendet, entfremdet, verdorben? Hast du mir ein himmelschreiendes Unrecht getan, von dem ich noch gar nichts weiß, ahne, vermute, du Satan? Das sind mir schöne Geschichten! Gut, daß ich noch, dahinterkomme! Auf der Stelle beichte mir, oder ich schinde und siede dich lebendig aus! Wirst du sprechen oder nicht?« – »Ach nein!« sagte Spiegel, »wegen Euch habe ich mir nichts vorzuwerfen. Es betrifft die zehntausend Goldgülden meiner seligen Gebieterin – aber was hilft Reden! – Zwar – wenn ich bedenke und Euch, ansehe, so möchte es vielleicht doch nicht ganz zu spät sein – wenn ich Euch betrachte, so sehe ich, daß Ihr ein noch ganz schöner und rüstiger Mann seid, in den besten Jahren – sagt doch, Herr Pineiß! habt Ihr noch nie etwa den Wunsch verspürt, Euch zu verehelichen, ehrbar und vorteilhaft? Aber was schwatze ich! Wie wird ein so kluger und kunstreicher Mann auf dergleichen müßige Gedanken kommen! Wie wird ein so nützlich beschäftigter Meister an törichte Weiber denken! Zwar allerdings hat auch die Schlimmste noch irgendwas an sich, was etwa nützlich für einen Mann ist, das ist nicht abzuleugnen! Und wenn sie nur halbwegs was taugt, so ist eine gute Hausfrau etwa weiß am Leibe, sorgfältig im Sinne, zutulich von Sitten, treu von Herzen, sparsam im Verwalten, aber verschwenderisch in der Pflege ihres Mannes, kurzweilig in Worten und angenehm in ihren Taten, einschmeichelnd in ihren Handlungen! Sie küßt den Mann mit ihrem Munde und streichelt ihm den Bart, sie umschließt ihn mit ihren Armen und krault ihm hinter den Ohren, wie er es wünscht, kurz, sie tut tausend Dinge, die nicht zu verwerfen sind. Sie hält sich ihm ganz nah zu oder in bescheidener Entfernung, je nach seiner Stimmung, und wenn er seinen Geschäften nachgeht, so stört sie ihn nicht, sondern verbreitet unterdessen sein Lob in und außer dem Hause; denn sie läßt nichts an ihn kommen und rühmt alles, was an ihm ist! Aber das Anmutigste ist die wunderbare Beschaffenheit ihres zarten leiblichen Daseins, welches die Natur so verschieden gemacht hat von unserm Wesen bei anscheinender Menschenähnlichkeit, daß es ein fortwährendes Meerwunder in einer glückhaften Ehe bewirkt und eigentlich die allerdurchtriebenste Hexerei in sich birgt! Doch was schwatze ich da wie ein Tor an der Schwelle des Todes! Wie wird ein weiser Mann auf dergleichen Eitelkeiten sein Augenmerk richten! Verzeiht, Herr Pineiß, und schneidet mir den Kopf ab!«

Pineiß aber rief heftig »So halt doch endlich inne, du Schwätzer! und sage mir Wo ist eine solche und hat sie zehntausend Goldgülden?«

»Zehntausend Goldgülden?« sagte Spiegel.

»Nun ja«, rief Pineiß ungeduldig, »sprachest du nicht eben erst davon?«

»Nein«, antwortete jener, »das ist eine andere Sache! Die liegen vergraben an einem Orte!«

»Und was tun sie da, wem gehören sie?« schrie Pineiß.

»Niemand gehören sie, das ist eben meine Gewissensbürde, denn ich hätte sie unterbringen sollen! Eigentlich gehören sie jenem, der eine solche Person heiratet, wie ich eben beschrieben habe. Aber wie soll man drei solche Dinge zusammenbringen in dieser gottlosen Stadt zehntausend Goldgülden, eine weiße, feine und gute Hausfrau und einen weisen rechtschaffenen Mann? Daher ist eigentlich meine Sünde nicht allzugroß, denn der Auftrag war zu schwer für eine arme Katze!«

»Wenn du jetzt«, rief Pineiß, »nicht bei der Sache bleibst und sie verständlich der Ordnung nach dartust, so schneide ich dir vorläufig den Schwanz und beide Ohren ab! Jetzt fang an!«

»Da Ihr es befehlt, so muß ich die Sache wohl erzählen« sagte Spiegel und setzte sich gelassen auf seine Hinterfüße, »obgleich dieser Aufschub meine Leiden nur vergrößert!« Pineiß steckte das scharfe Messer zwischen sich und Spiegel in die Diele und setzte sich neugierig auf ein Fäßchen, um zuzuhören, und Spiegel fuhr fort:

»Ihr wisset doch, Herr Pineiß, daß die brave Person, meine selige Meisterin, unverheiratet gestorben ist als eine alte Jungfer, die in aller Stille viel Gutes getan und niemanden zuwider gelebt hat. Aber nicht immer war es am sie her so still und ruhig zugegangen, und obgleich sie niemals von bösem Gemüt gewesen, so hatte sie doch einst viel Leid und Schaden angerichtet; denn in ihrer Jugend war sie das schönste Fräulein weit und breit, und was von jungen Herren und kecken Gesellen in der Gegend war oder des Weges kam, verliebte sich in sie und wollte sie durchaus heiraten. Nun hatte sie wohl große Lust zu heiraten und einen hübschen, ehrenfesten und klugen Mann zu nehmen, und sie hatte die Auswahl, da sich Einheimische und Fremde um sie stritten und einander mehr als einmal die Degen in den Leib rannten, um den Vorrang zu gewinnen. Es bewarben sich um sie und versammelten sich kühne und verzagte, listige und treuherzige, reiche und arme Freier, solche mit einem guten und anständigen Geschäft und solche, welche als Kavaliere zierlich von ihren Renten lebten; dieser mit diesen, jener mit jenen Vorzügen, beredt oder schweigsam, der eine munter und liebenswürdig, und ein anderer schien es mehr in sich zu haben, wenn er auch etwas einfältig aussah; kurz, das Fräulein hatte eine so vollkommene Auswahl, wie es ein mannbares Frauenzimmer sich nur wünschen kann. Allein sie besaß außer ihrer Schönheit ein schönes Vermögen von vielen tausend Goldgülden, und diese waren die Ursache, daß sie nie dazu kam, eine Wahl treffen und einen Mann nehmen zu können, denn sie verwaltete ihr Gut mit trefflicher Umsicht und Klugheit und legte einen großen Wert auf dasselbe, und da nun der Mensch immer von seinen eigenen Neigungen aus andere beurteilt, so geschah es, daß sie, sobald sich ihr ein achtungswerter Freier genähert und ihr halbwegs gefiel, alsobald sich einbildete, derselbe begehre sie nur um ihres Gutes willen. War einer reich, so glaubte sie, er würde sie doch nicht begehren, wenn sie nicht auch reich wäre, und von den Unbemittelten nahm sie vollends als gewiß an, daß sie nur ihre Goldgülden im Auge hätten und sich daran gedächten gütlich zu tun, und das arme Fräulein, welches doch selbst so große Dinge auf den irdischen Besitz hielt, war nicht imstande, diese Liebe zu Geld und Gut an ihren Freiern von der Liebe zu ihr selbst zu unterscheiden oder, wenn sie wirklich etwa vorhanden war, dieselbe nachzusehen und zu verzeihen. Mehrere Male war sie schon so gut wie verlobt, und ihr Herz klopfte endlich stärker; aber plötzlich glaubte sie aus irgendeinem Zuge zu entnehmen, daß sie verraten sei und man einzig an ihr Vermögen denke, und sie brach unverweilt die Geschichte entzwei und zog sich voll Schmerzen, aber unerbittlich zurück. Sie prüfte alle, welche ihr nicht mißfielen, auf hundert Arten, so daß eine große Gewandtheit dazu gehörte, nicht in die Falle zu gehen, und zuletzt keiner mehr sich mit einiger Hoffnung nähern konnte, als wer ein durchaus geriebener und verstellter Mensch war, so daß schon aus diesen Gründen endlich die Wahl wirklich schwer wurde, weil solche Menschen dann zuletzt doch eine unheimliche Unruhe erwecken und die peinlichste Ungewißheit bei einer Schönen zurücklassen, je geriebener und geschickter sie sind. Das Hauptmittel, ihre Anbeter zu prüfen, war, daß sie ihre Uneigennützigkeit auf die Probe stellte und sie alle Tage zu großen Ausgaben, zu reichen Geschenken und zu wohltätigen Handlungen veranlaßte. Aber sie mochten es machen, wie sie wollten, so trafen sie doch nie das Rechte; denn zeigten sie sich freigebig und aufopfernd, gaben sie glänzende Feste, brachten sie ihr Geschenke dar oder anvertrauten ihr beträchtliche Gelder für die Armen, so sagte sie plötzlich, dies alles geschehe nur, um mit einem Würmchen den Lachs zu fangen oder mit der Wurst nach der Speckseite zu werfen, wie man zu sagen pflegt. Und sie vergabte die Geschenke sowohl wie das anvertraute Geld an Klöster und milde Stiftungen und speisete die Armen; aber die betrogenen Freier wies sie unbarmherzig ab. Bezeigten sich dieselben aber zurückhaltend oder gar knauserig, so war der Stab sogleich über sie gebrochen, da sie das noch viel übler nahm und daran eine schnöde und nackte Rücksichtslosigkeit und Eigenliebe zu erkennen glaubte. So kam es, daß sie, welche ein reines und nur ihrer Person hingegebenes Herz suchte, zuletzt von lauter verstellten, listigen und eigensüchtigen Freiersleuten umgeben war, aus denen sie nie klug wurde und die ihr das Leben verbitterten. Eines Tages fühlte sie sich so mißmutig und trostlos, daß sie ihren ganzen Hof aus dem Hause wies, dasselbe zuschloß und nach Mailand verreiste, wo sie eine Base hatte. Als sie über den Sankt Gotthard ritt auf einem Eselein, war ihre Gesinnung so schwarz und schaurig wie das wilde Gestein, das sich aus den Abgründen emportürmte, und sie fühlte die heftigste Versuchung, sich von der Teufelsbrücke in die tobenden Gewässer der Reuß hinabzustürzen. Nur mit der größten Mühe gelang es den zwei Mägden, die sie bei sich hatte und die ich selbst noch gekannt habe, welche aber nun schon lange tot sind, und dem Führer, sie zu beruhigen und von der finstern Anwandlung abzubringen. Doch langte sie bleich und traurig in dem schönen Land Italien an, und so blau dort der Himmel war, wollten sich ihre dunklen Gedanken doch nicht aufhellen. Aber als sie einige Tage bei ihrer Base verweilt, sollte unverhofft eine andere Melodie ertönen und ein Frühlingsanfang in ihr aufgehen, von dem sie bis dato noch nicht viel gewußt. Denn es kam ein junger Landsmann in das Haus der Base, der ihr gleich beim ersten Anblick so wohl gefiel, daß man wohl sagen kann, sie verliebte sich jetzt von selbst und zum ersten Mal. Es war ein schöner Jüngling, von guter Erziehung und edlem Benehmen, nicht arm und nicht reich zur Zeit, denn er hatte nichts als zehntausend Goldgülden, welche er von seinen verstorbenen Eltern ererbt und womit er, da er die Kaufmannschaft erlernt hatte, in Mailand einen Handel mit Seide begründen wollte; denn er war unternehmend und klar von Gedanken und hatte eine glückliche Hand, wie es unbefangene und unschuldige Leute oft haben; denn auch dies war der junge Mann; er schien, so wohlgelehrt er war, doch so arglos und unschuldig wie ein Kind. Und obgleich er ein Kaufmann war und ein so unbefangenes Gemüt, was schon zusammen eine köstliche Seltenheit ist, so war er doch fest und ritterlich in seiner Haltung und trug sein Schwert so keck zur Seite, wie nur ein geübter Kriegsmann es tragen kann. Dies alles sowie seine frische Schönheit und Jugend bezwangen das Herz des Fräuleins dermaßen, daß sie kaum an sich halten konnte und ihm mit großer Freundlichkeit begegnete. Sie wurde wieder heiter, und wenn sie dazwischen auch traurig war, so geschah dies in dem Wechsel der Liebesfurcht und Hoffnung, welche immerhin ein edleres und angenehmeres Gefühl war als jene peinliche Verlegenheit in der Wahl, welche sie früher unter den vielen Freiern empfunden. Jetzt kannte sie nur eine Mühe und Besorgnis, diejenige nämlich, dem schönen und guten Jüngling zu gefallen, und je schöner sie selbst war, desto demütiger und unsicherer war sie jetzt, da sie zum ersten Male eine wahre Neigung gefaßt hatte. Aber auch der junge Kaufmann hatte noch nie eine solche Schönheit gesehen oder war wenigstens noch keiner so nahe gewesen und von ihr so freundlich und artig behandelt worden. Da sie nun, wie gesagt, nicht nur schön, sondern auch gut von Herzen und fein von Sitten war, so ist es nicht zu verwundern, daß der offene und frische Jüngling, dessen Herz noch ganz frei und unerfahren war, sich ebenfalls in sie verliebte und das mit aller Kraft und Rückhaltlosigkeit, die in seiner ganzen Natur lag. Aber vielleicht hätte das nie jemand erfahren, wenn er in seiner Einfalt nicht aufgemuntert worden wäre durch des Fräuleins Zutulichkeit, welche er mit heimlichem Zittern und Zagen für eine Erwiderung seiner Liebe zu halten wagte, da er selber keine Verstellung kannte. Doch bezwang er sich einige Wochen und glaubte die Sache zu verheimlichen; aber jeder sah ihm von weitem an, daß er zum Sterben verliebt war, und wenn er irgend in die Nähe des Fräuleins geriet oder sie nur genannt wurde, so sah man auch gleich, in wen er verliebt war. Er war aber nicht lange verliebt, sondern begann wirklich zu lieben mit aller Heftigkeit seiner Jugend, so daß ihm das Fräulein das Höchste und Beste auf der Welt wurde, an welches er ein für allemal das Heil und den ganzen Wert seiner eigenen Person setzte. Dies gefiel ihr über die Maßen wohl; denn es war in allem, was er sagte oder tat, eine andere Art, als sie bislang erfahren, und dies bestärkte und rührte sie so tief, daß sie nun gleichermaßen der stärksten Liebe anheimfiel und nun nicht mehr von einer Wahl für sie die Rede war. Jedermann sah diese Geschichte spielen, und es wurde offen darüber gesprochen und vielfach gescherzt. Dem Fräulein war es höchlich wohl dabei, und indem ihr das Herz vor banger Erwartung zerspringen wollte, half sie den Roman von ihrer Seite doch ein wenig verwickeln und ausspinnen, um ihn recht auszukosten und zu genießen. Denn der junge Mann beging in seiner Verwirrung so köstliche und kindliche Dinge, dergleichen sie niemals erfahren und für sie einmal schmeichelhafter und angenehmer waren als das andere. Er aber in seiner Gradheit und Ehrlichkeit konnte es nicht lange so aushalten; da jeder darauf anspielte und sich einen Scherz erlaubte, so schien es ihm eine Komödie zu werden, als deren Gegenstand ihm seine Geliebte viel zu gut und heilig war, und was ihr ausnehmend behagte, das machte ihn bekümmert, ungewiß und verlegen um sie selber. Auch glaubte er sie zu beleidigen und zu hintergehen, wenn er da lange eine so heftige Leidenschaft zu ihr herumtrüge und unaufhörlich an sie denke, ohne daß sie eine Ahnung davon habe, was doch gar nicht schicklich sei und ihm selber nicht recht! Daher sah man ihm eines Morgens von weitem an, daß er etwas vorhatte, und er bekannte ihr seine Liebe in einigen Worten, um es *einmal* und nie zum zweiten Mal zu sagen, wenn er nicht glücklich sein sollte. Denn er war nicht gewohnt zu denken, daß ein solches schönes und wohlbeschaffenes Fräulein etwa nicht ihre wahre Meinung sagen und nicht auch gleich zum ersten Mal ihr unwiderrufliches Ja oder Nein erwidern sollte. Er war ebenso zart gesinnt als heftig verliebt, ebenso spröde als kindlich und ebenso stolz als unbefangen, und bei ihm galt es gleich auf Tod und Leben, auf Ja oder Nein, Schlag um Schlag. In demselben Augenblicke aber, in welchem das Fräulein sein Geständnis anhörte, das sie so sehnlich erwartet, überfiel sie ihr altes Mißtrauen, und es fiel ihr zur unglücklichen Stunde ein, daß ihr Liebhaber ein Kaufmann sei, welcher am Ende nur ihr Vermögen zu erlangen wünsche, um seine Unternehmungen zu erweitern. Wenn er daneben auch ein wenig in ihre Person verliebt sein sollte, so wäre ja das bei ihrer Schönheit kein sonderliches Verdienst und nur um so empörender, wenn sie eine bloße wünschbare Zugabe zu ihrem Golde vorstellen sollte. Anstatt ihm daher ihre Gegenliebe zu gestehen und ihn wohl aufzunehmen, wie sie am liebsten getan hätte, ersann sie auf der Stelle eine neue List, um seine Hingebung zu prüfen, und nahm eine ernste, fast traurige Miene an, indem sie ihm vertraute, wie sie bereits mit einem jungen Mann verlobt sei in ihrer Heimat, welchen sie auf das allerherzlichste liebe. Sie habe ihm das schon mehrmals mitteilen wollen, da sie ihn, den Kaufmann nämlich, als Freund sehr liebhabe, wie er wohl habe sehen können aus ihrem Benehmen, und sie vertraue ihm wie einem Bruder. Aber die ungeschickten Scherze, welche in der Gesellschaft aufgekommen seien, hätten ihr eine vertrauliche Unterhaltung erschwert; da er nun aber selbst sie mit seinem braven und edlen Herzen überrascht und dasselbe vor ihr aufgetan, so könne sie ihm für seine Neigung nicht besser danken, als indem sie ihm ebenso offen sich anvertraue. Ja, fuhr sie fort, nur demjenigen könne sie angehören, welchen sie einmal erwählt habe, und nie würde es ihr möglich sein, ihr Herz einem andern Mannesbilde zuzuwenden, dies stehe mit goldenem Feuer in ihrer Seele geschrieben, und der liebe Mann wisse selbst nicht, wie lieb er ihr sei, so wohl er sie auch kenne! Aber ein trüber Unstern hätte sie betroffen ihr Bräutigam sei ein Kaufmann, aber so arm wie eine Maus; darum hätten sie den Plan gefaßt, daß er aus den Mitteln der Braut einen Handel begründen solle; der Anfang sei gemacht und alles auf das beste eingeleitet, die Hochzeit sollte in diesen Tagen gefeiert werden, da wollte ein unverhofftes Mißgeschick, daß ihr ganzes Vermögen plötzlich ihr angetastet und abgestritten wurde und vielleicht für immer verlorengehe, während der arme Bräutigam in nächster Zeit seine ersten Zahlungen zu leisten habe an die Mailänder und venezianischen Kaufleute, worauf sein ganzer Kredit, sein Gedeihen und seine Ehre beruhe, nicht zu sprechen von ihrer Vereinigung und glücklichen Hochzeit! Sie sei in der Eile nach Mailand gekommen, wo sie begüterte Verwandte habe, um da Mittel und Auswege zu finden; aber zu einer schlimmen Stunde sei sie gekommen; denn nichts wolle sich fügen und schicken, während der Tag immer näher rücke, und wenn sie ihrem Geliebten nicht helfen könne, so müsse sie sterben vor Traurigkeit. Denn es sei der liebste und beste Mensch, den man sich denken könne, und würde sicherlich ein großer Kaufherr werden, wenn ihm geholfen würde, und sie kenne kein anderes Glück mehr auf Erden, als dann dessen Gemahlin zu sein! Als sie diese Erzählung beendet, hatte sich der arme schöne Jüngling schon lange entfärbt und war bleich wie ein weißes Tuch. Aber er ließ keinen Laut der Klage vernehmen und sprach nicht ein Sterbenswörtchen mehr von sich selbst und von seiner Liebe, sondern fragte bloß traurig, auf wieviel sich denn die eingegangenen Verpflichtungen des glücklich unglücklichen Bräutigams beliefen? Auf zehntausend Goldgülden! antwortete sie noch viel trauriger. Der junge traurige Kaufherr stand auf, ermahnte das Fräulein, guten Mutes zu sein, da sich gewiß ein Ausweg zeigen werde, und entfernte sich von ihr, ohne daß er sie anzusehen wagte; so sehr fühlte er sich betroffen und beschämt, daß er sein Auge auf eine Dame geworfen, die so treu und leidenschaftlich einen andern liebte. Denn der Arme glaubte jedes Wort von ihrer Erzählung wie ein Evangelium. Dann begab er sich ohne Säumnis zu seinen Handelsfreunden und brachte sie durch Bitten und Einbüßung einer gewissen Summe dahin, seine Bestellungen und Einkäufe wieder rückgängig zu machen, welche er selbst in diesen Tagen auch grad mit seinen zehntausend Goldgülden bezahlen sollte und worauf er seine ganze Laufbahn bauete, und ehe sechs Stunden verflossen waren, erschien er wieder bei dem Fräulein mit seinem ganzen Besitztum und bat sie um Gottes willen, diese Aushilfe von ihm annehmen zu wollen. Ihre Augen funkelten vor freudiger Überraschung, und ihre Brust pochte wie ein Hammerwerk; sie fragte ihn, wo er denn dies Kapital hergenommen, und er erwiderte, er habe es auf seinen guten Namen geliehen und würde es, da seine Geschäfte sich glücklich wendeten, ohne Unbequemlichkeit zurückerstatten können. Sie sah ihm deutlich an, daß er log und daß es sein einziges Vermögen und ganze Hoffnung war, welche er ihrem Glücke opferte; doch stellte sie sich, als glaubte sie seinen Worten. Sie ließ ihren freudigen Empfindungen freien Lauf und tat grausamerweise, als ob diese dem Glücke gälten, nun doch ihren Erwählten retten und heiraten zu dürfen, und sie konnte nicht Worte finden, ihre Dankbarkeit auszudrücken. Doch plötzlich besann sie sich und erklärte, nur unter einer Bedingung die großmütige Tat annehmen zu können, da sonst alles Zureden unnütz wäre. Befragt, worin diese Bedingung bestehe, verlangte sie das heilige Versprechen, daß er an einem bestimmten Tage sich bei ihr einfinden wolle, um ihrer Hochzeit beizuwohnen und der beste Freund und Gönner ihres zukünftigen Ehegemahls zu werden sowie der treuste Freund, Schützer und Berater ihrer selbst. Errötend bat er sie, von diesem Begehren abzustehen; aber umsonst wandte er alle Gründe an, um sie davon abzubringen, umsonst stellte er ihr vor, daß seine Angelegenheiten jetzt nicht erlaubten, nach der Schweiz zurückzureisen, und daß er von einem solchen Abstecher einen erheblichen Schaden erleiden würde. Sie beharrte entschieden auf ihrem

Verlangen und schob ihm sogar sein Gold wieder zu, da er sich nicht dazu verstehen wollte. Endlich versprach er es, aber er mußte ihr die Hand darauf geben und es ihr bei seiner Ehre und Seligkeit beschwören. Sie bezeichnete ihm genau den Tag und die Stunde, wann er eintreffen solle, und alles dies mußte er bei seinem Christenglauben und bei seiner Seligkeit beschwören. Erst dann nahm sie sein Opfer an und ließ den Schatz vergnügt in ihre Schlafkammer tragen, wo sie ihn eigenhändig in ihrer Reisetruhe verschloß und den Schüssel in den Busen steckte. Nun hielt sie sich nicht länger in Mailand auf, sondern reiste ebenso fröhlich über den Sankt Gotthard zurück, als schwermütig sie hergekommen war. Auf der Teufelsbrücke, wo sie hatte hinabspringen wollen, lachte sie wie eine Unkluge und warf mit hellem Jauchzen ihrer wohlklingenden Stimme einen Granatblütenstrauß in die Reuß, welchen sie vor der Brust trug, kurz, ihre Lust war nicht zu bändigen, und es war die fröhlichste Reise, die je getan wurde. Heimgekehrt, öffnete und lüftete sie ihr Haus von oben bis unten und schmückte es, als ob sie einen Prinzen erwartete. Aber zu Häupten ihres Bettes legte sie den Sack mit den zehntausend Goldgülden und legte des Nachts den Kopf so glückselig auf den harten Klumpen und schlief darauf, wie wenn es das weichste Flaumkissen gewesen wäre. Kaum konnte sie den verabredeten Tag erwarten, wo sie ihn sicher kommen sah, da sie wußte, daß er nicht das einfachste Versprechen, geschweige denn einen Schwur brechen würde, und wenn es ihm um das Leben ginge. Aber der Tag brach an, und der Geliebte erschien nicht, und es vergingen viele Tage und Wochen, ohne daß er von sich hören ließ. Da fing sie an, an allen Gliedern zu zittern, und verfiel in die größte Angst und Bangigkeit; sie schickte Briefe über Briefe nach Mailand, aber niemand wußte ihr zu sagen, wo er geblieben sei. Endlich aber stellte es sich durch einen Zufall heraus, daß der junge Kaufherr aus einem blutroten Stück Seidendamast, welches er von seinem Handelsanfang her im Haus liegen und bereits bezahlt hatte, sich ein Kriegskleid hatte anfertigen lassen und unter die Schweizer gegangen war, welche damals eben im Solde des Königs Franz von Frankreich den Mailändischen Krieg mitstritten. Nach der Schlacht bei Pavia, in welcher so viele Schweizer das Leben verloren, wurde er auf einem Haufen erschlagener Spaniolen liegend gefunden, von vielen tödlichen Wunden zerrissen und sein rotes Seidengewand von unten bis oben zerschlitzt und zerfetzt. Eh er den Geist aufgab, sagte er einem neben ihm liegenden Seldwyler, der minder übel zugerichtet war, folgende Botschaft ins Gedächtnis und bat ihn, dieselbe auszurichten, wenn er mit dem Leben davonkäme: ›Liebstes Fräulein! Obgleich ich Euch bei meiner Ehre, bei meinem Christenglauben und bei meiner Seligkeit geschworen habe, auf Eurer Hochzeit zu erscheinen, so ist es mir dennoch nicht möglich gewesen, Euch nochmals zu sehen und einen andern den höchsten Glückes teilhaftig zu erblicken, das es für mich geben könnte. Dieses habe ich erst in Eurer Abwesenheit verspürt und habe vorher nicht gewußt, welch eine strenge und unheimliche Sache es ist um solche Liebe, wie ich zu Euch habe, sonst würde ich mich zweifelsohne besser davor gehütet haben. Da es aber einmal so ist, so wollte ich lieber meiner weltlichen Ehre und meiner geistlichen Seligkeit verloren und in die ewige Verdammnis eingehen als ein Meineidiger, denn noch einmal in Eure Nähe erscheinen mit einem Feuer in der Brust, welches stärker und unauslöschlicher ist als das Höllenfeuer und mich dieses kaum wird verspüren lassen. Betet nicht etwa für mich, schönstes Fräulein, denn ich kann und werde nie selig werden ohne Euch, sei es hier oder dort, und somit lebt glücklich und seid gegrüßt!‹ So hatte in dieser Schlacht, nach welcher König Franziskus sagt ›Alles verloren, außer der Ehre!‹ der unglückliche Liebhaber alles verloren, die Hoffnung, die Ehre, das Leben und die ewige Seligkeit, nur die Liebe nicht, die ihn verzehrte. Der Seldwyler kam glücklich davon, und sobald er sich in etwas erholt und außer Gefahr sah, schrieb er die Worte des Umgekommenen getreu auf seine Schreibtafel, um sie nicht zu vergessen, reiste nach Hause, meldete sich bei dem unglücklichen Fräulein und las ihr die Botschaft so steif und kriegerisch vor, wie er zu tun gewohnt war, wenn er sonst die Mannschaft seines Fähnleins verlas; denn es war ein Feldleutnant. Das Fräulein aber zerraufte sich die Haare, zerriß ihre Kleider und begann so laut zu schreien und zu weinen, daß man es die Straße auf und nieder hörte und die Leute zusammenliefen. Sie schleppte wie wahnsinnig die zehntausend Goldgülden herbei, zerstreute sie auf dem Boden, warf sich der Länge nach darauf hin und küßte die glänzenden Goldstücke. Ganz von Sinnen, suchte sie den umherrollenden Schatz zusammenzuraffen und zu umarmen, als ob der verlorene Geliebte darin zu gegen wäre. Sie lag Tag und Nacht auf dem Golde und wollte weder Speise noch Trank zu sich nehmen; unaufhörlich liebkoste und küßte sie das kalte Metall, bis sie mitten in einer Nacht plötzlich aufstand, den Schatz, emsig hin und her eilend, nach dem Garten trug und dort unter bittern Tränen in den tiefen Brunnen warf und einen Fluch darüber aussprach, daß er niemals jemand anderm angehören solle.«

Als Spiegel so weit erzählt hatte, sagte Pineiß »Und liegt das schöne Geld noch in dem Brunnen?« – »Ja, wo sollte es sonst liegen?« antwortete Spiegel, »denn nur ich kann es herausbringen und habe es bis zur Stunde noch nicht getan!« – »Ei ja so, richtig!« sagte Pineiß, »ich habe es ganz vergessen über deiner Geschichte! Du kannst nicht übel erzählen, du Sapperlöter! und es ist mir ganz gelüstig worden nach einem Weibchen, die so für mich eingenommen wäre; aber sehr schön müßte sie sein! Doch erzähle jetzt schnell noch, wie die Sache eigentlich zusammenhängt!« – »Es dauerte manche Jahre«, sagte Spiegel, »bis das Fräulein aus bittern Seelenleiden soweit zu sich kam, daß sie anfangen konnte, die stille alte Jungfer zu werden, als welche ich sie kennenlernte. Ich darf mich berühmen, daß ich ihr einziger Trost und ihr vertrautester Freund geworden bin in ihrem einsamen Leben bis an ihr stilles Ende. Als sie aber dieses herannahen sah, vergegenwärtigte sie sich noch einmal die Zeit ihrer fernen Jugend und Schönheit und erlitt noch einmal mit milderen ergebenen Gedanken erst die süßen Erregungen und dann die bittern Leiden jener Zeit, und sie weinte still sieben Tage und Nächte hindurch über die Liebe des Jünglings, deren Genuß sie durch ihr Mißtrauen verloren hatte, so daß ihre alten Augen noch kurz vor dem Tode erblindeten. Dann bereute sie den Fluch, welchen sie über jenen Schatz ausgesprochen, und sagte zu mir, indem sie mich mit dieser wichtigen Sache beauftragte: ›Ich bestimme nun anders, lieber Spiegel! und gebe dir die Vollmacht, daß du meine Verordnung vollziehest. Sieh dich um und suche, bis du eine bildschöne, aber unbemittelte Frauensperson findest, welcher es ihrer Armut wegen an Freiern gebricht! Wenn sich dann ein verständiger, rechtlicher und hübscher Mann finden sollte, der sein gutes Auskommen hat und die Jungfrau ungeachtet ihrer Armut, nur allein von ihrer Schönheit bewegt, zur Frau begehrt, so soll dieser Mann mit den stärksten Eiden sich verpflichten, derselben so treu, aufopfernd und unabänderlich ergeben zu sein, wie es mein unglücklicher Liebster gewesen ist, und dieser Frau sein Leben lang in allen Dingen zu willfahren. Dann gib der Braut die zehntausend Goldgülden, welche im Brunnen liegen, zur Mitgift, daß sie ihren Bräutigam am Hochzeit morgen damit überrasche!‹ So sprach die Selige, und ich habe meiner widrigen Geschicke wegen versäumt, dieser Sache nach zugehen, und muß nun befürchten, daß die Arme deswegen im Grabe noch beunruhigt sei, was für mich eben auch nicht die angenehmsten Folgen haben kann!«

Pineiß sah den Spiegel mißtrauisch an und sagte »Wärst du wohl imstande, Bürschchen! mir den Schatz ein wenig nachzuweisen und augenscheinlich zu machen?«

»Zu jeder Stunde!« versetzte Spiegel, »aber Ihr müßt wissen, Herr Stadthexenmeister, daß Ihr das Gold nicht etwa so ohne weiteres herausfischen dürftet! Man würde Euch unfehlbar da Genick umdrehen; denn es ist nicht ganz geheuer in dem Brunnen, ich habe darüber bestimmte Inzichten, welche ich aus Rücksichten nicht näher berühren darf!«

»Hei, wer spricht denn von Herausholen?« sagte Pineiß etwa furchtsam, »führe mich einmal hin und zeige mir den Schatz Oder vielmehr will ich dich führen an einem guten Schnürlein, damit du mir nicht entwischest!«

»Wie Ihr wollt!« sagte Spiegel, »aber nehmt auch eine andere lange Schnur mit und eine Blendlaterne, welche Ihr daran in den Brunnen hinablassen könnt; denn der ist sehr tief und dunkel!«

Pineiß befolgte diesen Rat und führte das muntere Kätzchen nach dem Garten jener Verstorbenen. Sie überstiegen miteinander die Mauer, und Spiegel zeigte dem Hexer den Weg zu dem alten Brunnen, welcher unter verwildertem Gebüsche verborgen war. Dort ließ Pineiß sein Laternchen hinunter, begierig nachblickend, während er den angebundenen Spiegel nicht von der Hand ließ. Aber richtig sah er in der Tiefe das Gold funkeln unter dem grünlichen Wasser und rief »Wahrhaftig, ich seh's, es ist wahr! Spiegel, du bist ein Tausendskerl!« Dann guckte er wieder eifrig hinunter und sagte »Mögen es auch zehntausend sein?« – »Ja, das ist nun nicht zu schwören!« sagte Spiegel, »ich bin nie da unten gewesen und hab's nicht gezählt! Ist auch möglich, daß die Dame dazumal einige Stücke auf dem Wege verloren hat, als sie den Schatz hierhertrug, da sie in einem sehr aufgeregten Zustande war.« – »Nun, seien es auch ein Dutzend oder mehr weniger!« sagte Herr Pineiß, »es soll mir darauf nicht ankommen!« Er setzte sich auf den Rand des Brunnens, Spiegel setzte sich auch nieder und leckte sich das Pfötchen. »Da wäre nun der Schatz!« sagte Pineiß, indem er sich hinter den Ohren kratzte, »und hier wäre auch der Mann dazu; fehlt nur noch das bildschöne Weib!« – »Wie?« sagte Spiegel. »Ich meine, es fehlt nur noch diejenige, welche die Zehntausend als Mitgift bekommen soll, um mich damit zu überraschen am Hochzeitmorgen, und welche alle jene angenehmen Tugenden hat, von denen du gesprochen!« – »Hm!« versetzte Spiegel, »die Sache verhält sich nicht ganz so, wie Ihr sagt! Der Schatz ist da, wie Ihr richtig einseht; das schöne Weib habe ich, um es aufrichtig zu gestehen, allbereits auch schon ausgespart; aber mit dem Mann, der sie unter diesen schwierigen Umständen heiraten möchte, da hapert es eben; denn heutzutage muß die Schönheit obenein vergoldet sein wie die Weihnachtsnüsse, und je hohler die Köpfe werden, desto mehr sind sie bestrebt, die Leere mit einigem Weibergut nachzufüllen, damit sie die Zeit besser zu verbringen vermögen; da wird dann mit wichtigem Gesicht ein Pferd besehen und ein Stück Sammet gekauft, mit Laufen und Rennen eine gute Armbrust bestellt, und der Büchsenschmied kommt nicht aus dem Hause; da heißt es ich muß meinen Wein einheimsen und meine Fässer putzen, meine Bäume putzen lassen und mein Dach decken; ich muß meine Frau ins Bad schicken, sie kränkelt und kostet mich viel Geld, und muß mein Holz fahren lassen und mein Ausstehendes eintreiben; ich habe ein Paar Windspiele gekauft und meine Bracken vertauscht, ich habe einen schönen eichenen Ausziehtisch eingehandelt und meine große Nußbaumlade drangegeben; ich habe meine Bohnenstangen geschnitten, meinen Gärtner fortgejagt, mein Heu verkauft und meinen Salat gesäet, immer mein und mein vom Morgen bis zu Abend. Manche sagen sogar ich habe meine Wäsche die nächste Woche, ich muß meine Betten sonnen, ich muß eine Magd dingen und einen neuen Metzger haben, denn den alten will ich abschaffen; ich habe ein allerliebstes Waffeleisen erstanden, durch Zufall, und habe mein silbernes Zimmetbüchschen verkauft, es war mir so nichts nütze. Alles das sind wohlverstanden die Sachen der

Frau, und so verbringt ein solcher Kerl die Zeit und stiehlt unserm Herrgott den Tag ab, indem er alle diese Verrichtungen aufzählt, ohne einen Streich zu tun. Wenn es hochkommt und ein solcher Patron sich etwa ducken muß, so wird er vielleicht sagen unsere Kühe und unsere Schweine, aber –« Pineiß riß den Spiegel an der Schnur, daß er miau! schrie, und rief »Genug, du Plappermaul! Sag jetzt unverzüglich: wo ist sie, von der du weißt?« Denn die Aufzählung aller dieser Herrlichkeiten und Verrichtungen, die mit einem Weibergute verbunden sind, hatte dem dürren Hexenmeister den Mund nur noch wässeriger gemacht. Spiegel sagte erstaunt: »Wollt Ihr denn wirklich das Ding unternehmen, Herr Pineiß?«

»Versteht sich, will ich! Wer sonst als ich? Drum heraus damit wo ist diejenige?«

»Damit Ihr hingehen und sie freien könnt?«

»Ohne Zweifel!«

»So wisset, die Sache geht nur durch meine Hand! Mit mir müßt Ihr sprechen, wenn Ihr Geld und Frau wollt!« sagte Spiegel kaltblütig und gleichgültig und fuhr sich mit den beiden Pfoten eifrig über die Ohren, nachdem er sie jedesmal ein bißchen naß gemacht. Pineiß besann sich sorgfältig, stöhnte ein bißchen und sagte »Ich merke, du willst unsern Kontrakt aufheben und deinen Kopf salvieren!«

»Schiene Euch das so uneben und unnatürlich?«

»Du betrügst mich am Ende und belügst mich wie ein Schelm!« – »Dies ist auch möglich!« sagte Spiegel.

»Ich sage dir betrüge mich nicht!« rief Pineiß gebieterisch.

»Gut, so betrüge ich Euch nicht!« sagte Spiegel.

»Wenn du's tust!«

»So tu ich's.«

»Quäle mich nicht, Spiegelchen!« sprach Pineiß beinahe weinerlich, und Spiegel erwiderte jetzt ernsthaft:

»Ihr seid ein wunderbarer Mensch, Herr Pineiß! Da haltet Ihr mich an einer Schnur gefangen und zerrt daran, daß mir der Atem vergeht! Ihr lasset das Schwert des Todes über mir schweben seit länger als zwei Stunden, was sag ich! seit einem halben Jahre! und nun sprecht Ihr: Quäle mich nicht, Spiegelchen! Wenn Ihr erlaubt, so sage ich Euch in Kürze: Es kann mir nur lieb sein, jene Liebespflicht gegen die Tote doch noch zu erfüllen und für das bewußte Frauenzimmer einen tauglichen Mann zu finden, und Ihr scheint mir allerdings in aller Hinsicht zu genügen; es ist keine Leichtigkeit, ein Weibstück wohl unterzubringen, sosehr dies auch scheint, und ich sage noch einmal ich bin froh, daß Ihr Euch hiezu bereit finden lasset! Aber umsonst ist der Tod! Eh ich ein Wort weiter spreche, einen Schritt tue, ja eh ich nur den Mund noch einmal aufmache, will ich erst meine Freiheit wiederhaben und mein Leben versichert! Daher nehmt diese Schnur weg und legt den Kontrakt hier auf den Brunnen, hier auf diesen Stein, oder schneidet mir den Kopf ab, eins von beiden!«

»Ei du Tollhäusler und Obenhinaus!« sagte Pineiß, »du Hitzkopf, so streng wird es nicht gemeint sein? Das will ordentlich besprochen sein, und muß jedenfalls ein neuer Vertrag geschlossen werden!« Spiegel gab keine Antwort mehr und saß unbeweglich da, ein, zwei und drei Minuten. Da ward dem Meister bänglich, er zog seine Brieftasche hervor, klaubte seufzend den Schein heraus, las ihn noch einmal durch und legte ihn dann zögernd vor Spiegel hin. Kaum lag das Papier dort, so schnappte es Spiegel auf und verschlang es; und obgleich er heftig daran zu würgen hatte, so dünkte es ihn doch die beste und gedeihlichste Speise zu sein, die er je genossen, und er hoffte, daß sie ihm noch auf lange wohl bekommen und ihn rundlich und munter machen würde. Als er mit der angenehmen Mahlzeit fertig war, begrüßte er den Hexenmeister höflich und sagte »Ihr werdet unfehlbar von mir hören, Herr Pineiß, und Weib und Geld sollen Euch nicht entgehen. Dagegen macht

Euch bereit, recht verliebt zu sein, damit Ihr jene Bedingungen einer unverbrüchlichen Hingebung an die Liebkosungen Eurer Frau, die schon so gut wie Euer ist, ja beschwören und erfüllen könnt! Und hiemit bedanke ich mich des vorläufigen für genossene Pflege und Beköstigung und beurlaube mich!«

Somit ging Spiegel seines Weges und freute sich über die Dummheit des Hexenmeisters, welcher glaubte, sich selbst und alle Welt betrügen zu können, indem er ja die gehoffte Braut nicht uneigennützig, aus bloßer Liebe zur Schönheit, ehelichen wollte, sondern den Umstand mit den zehntausend Goldgülden vorher wußte. Indessen hatte er schon eine Person im Auge, welche er dem törichten Hexenmeister aufzuhalsen gedachte für seine gebratenen Krammetsvögel, Mäuse und Würstchen.

Dem Hause des Herrn Pineiß gegenüber war ein anderes Haus, dessen vordere Seite auf das sauberste geweißt war und dessen Fenster immer frisch gewaschen glänzten. Die bescheidenen Fenstervorhänge waren immer schneeweiß und wie soeben geplättet, und ebenso weiß war der Habit und das Kopf- und Halstuch einer alten Beghine, welche in dem Hause wohnte, also daß ihr nonnenartiger Kopfputz, der ihre Brust bekleidete, immer wie aus Schreibpapier gefaltet aussah, so daß man gleich darauf hätte schreiben mögen; das hätte man wenigstens auf der Brust bequem tun können, da sie so eben und so hart war wie ein Brett. So scharf die weißen Kanten und Ecken ihrer Kleidung, so scharf war auch die lange Nase und das Kinn der Beghine, ihre Zunge und der böse Blick ihrer Augen; doch sprach sie nur wenig mit der Zunge und blickte wenig mit den Augen, da sie die Verschwendung nicht liebte und alles nur zur rechten Zeit und mit Bedacht verwendete. Alle Tage ging sie dreimal in die Kirche, und wenn sie in ihrem frischen, weißen und knitternden Zeuge und mit ihrer weißen spitzigen Nase über die Straße ging, liefen die Kinder furchtsam davon, und selbst erwachsene Leute traten gern hinter die Haustüre, wenn es noch Zeit war. Sie stand aber wegen ihrer strengen Frömmigkeit und Eingezogenheit in großem Rufe und besonders bei der Geistlichkeit in hohem Ansehen, aber selbst die Pfaffen verkehrten lieber schriftlich mit ihr als mündlich, und wenn sie beichtete, so schoß der Pfarrer jedesmal so schweißtriefend aus dem Beichtstuhl heraus, als ob er aus einem Backofen käme. So lebte die fromme Beghine, die keinen Spaß verstand, in tiefem Frieden und blieb ungeschoren. Sie machte sich auch mit niemand zu schaffen und ließ die Leute gehen, vorausgesetzt, daß sie ihr aus dem Wege gingen; nur auf ihren Nachbar Pineiß schien sie einen besondern Haß geworfen zu haben; denn sooft er sich an seinem Fenster blicken ließ, warf sie ihm einen bösen Blick hinüber und zog augenblicklich ihre weißen Vorhänge vor, und Pineiß fürchtete sie wie das Feuer und wagte nur zuhinterst in seinem Hause, wenn alles gut verschlossen war, etwa einen Witz über sie zu machen. So weiß und hell aber das Haus der Beghine nach der Straße zu aussah, so schwarz und räucherig, unheimlich und seltsam sah es von hinten aus, wo es jedoch fast gar nicht gesehen werden konnte als von den Vögeln des Himmels und den Katzen auf den Dächern, weil es in eine dunkle Winkelei von himmelhohen Brandmauern ohne Fenster hineingebaut war, wo nirgends ein menschliches Gesicht sich sehen ließ. Unter dem Dache dort hingen alte zerrissene Unterröcke, Körbe und Kräutersäcke, auf dem Dache wuchsen ordentliche Eibenbäumchen und Dornsträucher, und ein großer rußiger Schornstein ragte unheimlich in die Luft. Aus diesem Schornstein aber fuhr in der dunklen Nacht nicht selten eine Hexe auf ihrem Besen in die Höhe, jung und schön und splitternackt, wie Gott die Weiber geschaffen und der Teufel sie gern sieht. Wenn sie aus dem Schornstein fuhr, so schnupperte sie mit dem feinsten Näschen und mit lächelnden Kirschenlippen in der frischen Nachtluft und fuhr in dem weißen Scheine ihres Leibes dahin, indes ihr langes rabenschwarzes Haar wie eine Nachtfahne hinter ihr herflatterte. In einem Loch am

Schornstein saß ein alter Eulenvogel, und zu diesem begab sich jetzt der befreite Spiegel, eine fette Maus im Maule, die er unterwegs gefangen.

»Wünsch guten Abend, liebe Frau Eule! Eifrig auf der Wacht?« sagte er, und die Eule erwiderte »Muß wohl! Wünsch gleichfalls guten Abend! Ihr habt Euch lang nicht sehen lassen, Herr Spiegel!«

»Hat seine Gründe gehabt, werde Euch das erzählen. Hier habe ich Euch ein Mäuschen gebracht, schlecht und recht, wie es die Jahreszeit gibt, wenn Ihr's nicht verschmähen wollt! Ist die Meisterin ausgeritten?«

»Noch nicht, sie will erst gegen Morgen auf ein Stündchen hinaus. Habt Dank für die schöne Maus! Seid doch immer der höfliche Spiegel! Habe hier einen schlechten Sperling zur Seite gelegt, der mir heut zu nahe flog; wenn Euch beliebt, so kostet den Vogel! Und wie ist es Euch denn ergangen?«

»Fast wunderlich«, erwiderte Spiegel, »sie wollten mir an den Kragen. Hört, wenn es Euch gefällig ist.« Während sie nun vergnüglich ihr Abendessen einnahmen, erzählte Spiegel der aufmerksamen Eule alles, was ihn betroffen und wie er sich aus den Händen des Herrn Pineiß befreit habe. Die Eule sagte »Da wünsch ich tausendmal Glück, nun seid Ihr wieder ein gemachter Mann und könnt gehen, wo Ihr wollt, nachdem Ihr mancherlei erfahren!«

»Damit sind wir noch nicht zu Ende«, sagte Spiegel, »der Mann muß seine Frau und seine Goldgülden haben!«

»Seid Ihr von Sinnen, dem Schelm noch wohlzutun, der Euch das Fell abziehen wollte?«

»Ei, er hat es doch rechtlich und vertragsmäßig tun können, und da ich ihn in gleicher Münze wiederbedienen kann, warum sollt ich es unterlassen? Wer sagt denn, daß ich ihm wohltun will? Jene Erzählung war eine reine Einladung von mir, meine in Gott ruhende Meisterin war eine simple Person, welche in ihrem Leben nie verliebt noch von Anbetern umringt war, und jener Schatz ist ein ungerechtes Gut, das sie einst ererbt und in den Brunnen geworfen hat, damit sie kein Unglück daran erlebe. ›Verflucht sei, wer es da herausnimmt und verbraucht‹, sagte sie. Es macht sich also in betreff des Wohltuns!«

»Dann ist die Sache freilich anders! Aber nun, wo wollt Ihr die entsprechende Frau hernehmen?«

»Hier aus diesem Schornstein! Deshalb bin ich gekommen, um ein vernünftiges Wort mit Euch zu reden! Möchtet Ihr denn nicht einmal wieder frei werden aus den Banden dieser Hexe? Sinnt nach, wie wir sie fangen und mit dem alten Bösewicht verheiraten!«

»Spiegel, Ihr braucht Euch nur zu nähern, so weckt Ihr mir ersprießliche Gedanken.«

»Das wußt ich wohl, daß Ihr klug seid! Ich habe das Meinige getan, und es ist besser, daß Ihr auch Euren Senf dazu gebt und neue Kräfte vorspannt, so kann es gewiß nicht fehlen!«

»Da alle Dinge so schön zusammentreffen, so brauche ich nicht lang zu sinnen, mein Plan ist längst gemacht!«

»Wie fangen wir sie?«

»Mit einem neuen Schnepfengarn aus guten starken Hanfschnüren; geflochten muß es sein von einem zwanzigjährigen Jägerssohn, der noch kein Weib angesehen hat, und es muß schon dreimal der Nachttau darauf gefallen sein, ohne daß sich eine Schnepfe gefangen; der Grund aber hievon muß dreimal eine gute Handlung sein. Ein solches Netz ist stark genug, die Hexe zu fangen.«

»Nun bin ich neugierig, wo Ihr ein solches hernehmt«, sagte Spiegel, »denn ich weiß, daß Ihr keine vergeblichen Worte schwatzt!«

»Es ist auch schon gefunden, wie für uns gemacht; in einem Walde nicht weit von hier sitzt ein zwanzigjähriger Jägerssohn, welcher noch kein Weib angesehen hat; denn er ist blind geboren. Deswegen ist er auch zu nichts zu gebrauchen als zum Garnflechten und hat vor einigen Tagen ein neues, sehr schönes Schnepfengarn zustande gebracht. Aber als der alte Jäger es zum ersten Male ausspannen wollte, kam ein Weib daher, welches ihn zur Sünde verlocken wollte; es war aber so häßlich, daß der alte Mann voll Schreckens davonlief und das Garn am Boden liegenließ. Darum ist ein Tau darauf gefallen, ohne daß sich eine Schnepfe fing, und war also eine gute Handlung daran schuld. Als er des andern Tages hinging, um das Garn abermals auszuspannen, kam eben ein Reiter daher, welcher einen schweren Mantelsack hinter sich hatte; in diesem war ein Loch, aus welchem von Zeit zu Zeit ein Goldstück auf die Erde fiel. Da ließ der Jäger das Garn abermals liegen und lief eifrig hinter dem Reiter her und sammelte die Goldstücke in seinen Hut, bis der Reiter sich umkehrte, es sah und voll Grimm seine Lanze auf ihn richtete. Da bückte der Jäger sich erschrocken, reichte ihm den Hut dar und sagt ›Erlaubt, gnädiger Herr, Ihr habt hier viel Gold verloren, das ich Euch sorgfältig aufgelesen!‹ Dies war wiederum eine gute Handlung, indem das ehrliche Finden eine der schwierigsten und besten ist; er war aber so weit von dem Schnepfengarn entfernt, daß er es die zweite Nacht im Walde liegenließ und den nähern Weg nach Hause ging. Am dritten Tag endlich, nämlich gestern, als er eben wieder auf dem Wege war, traf er eine hübsche Gevattersfrau an, die dem Alten um den Bart zu gehen pflegte und der er schon manches Häslein geschenkt hat. Darüber vergaß er die Schnepfen gänzlich und sagte am Morgen ›Ich habe den armen Schnepflein das Leben geschenkt; auch gegen Tiere muß man barmherzig sein!‹ Und um dieser drei guten Handlungen willen fand er, daß er jetzt zu gut sei für diese Welt, und ist heute vormittag beizeiten in ein Kloster gegangen. So liegt das Garn noch ungebraucht im Walde, und ich darf es nur holen.« – »Holt es geschwind!« sagte Spiegel, »es wird gut sein zu unserm Zweck!« – »Ich will es holen«, sagte die Eule, »steht nur so lang Wache für mich in diesem Loch, und wenn etwa die Meisterin den Schornstein hinaufrufen sollte, ob die Luft rein sei? so antwortet, indem Ihr meine Stimme nachahmt: Nein, es stinkt noch nicht in der Fechtschul!« Spiegel stellte sich in die Nische, und die Eule flog still über die Stadt weg nach dem Wald. Bald kam sie mit dem Schnepfengarn zurück und fragte »Hat sie schon gerufen?« – »Noch nicht!« sagte Spiegel.

Da spannten sie das Garn aus über den Schornstein und setzten sich daneben still und klug; die Luft war dunkel, und es ging ein leichtes Morgenwindchen, in welchem ein paar Sternbilder flackerten. »Ihr sollt sehen«, flüsterte die Eule, »wie geschickt die durch den Schornstein heraufzusäuseln versteht, ohne sich die blanken Schultern schwarz zu machen!« – »Ich hab sie noch nie so nah gesehen«, erwiderte Spiegel leise, »wenn sie uns nur nicht zu fassen kriegt!«

Da rief die Hexe von unten »Ist die Luft rein?« Die Eule rief »Ganz rein, es stinkt herrlich in der Fechtschul!« und alsobald kam die Hexe heraufgefahren und wurde in dem Garne gefangen, welches die Katze und die Eule eiligst zusammenzogen und verbanden. »Halt fest!« sagte Spiegel und »Binde gut!« die Eule. Die Hexe zappelte und tobte mäuschenstill wie ein Fisch im Netz; aber es half ihr nichts, und das Garn bewährte sich auf das beste. Nur der Stiel ihres Besens ragte durch die Maschen. Spiegel wollte ihn sachte herausziehen, erhielt aber einen solchen Nasenstüber, daß er beinahe in Ohnmacht fiel und einsah, wie man auch einer Löwin im Netz nicht zu nahe kommen dürfe. Endlich hielt sich die Hexe still und sagte »Was wollt ihr denn von mir, ihr wunderlichen Tiere?«

»Ihr sollt mich aus Eurem Dienste entlassen und meine Freiheit zurückgeben!« sagte die Eule. »So viel Geschrei und wenig Wolle!« sagte die Hexe, »du bist frei, mach dies Garn auf!« – »Noch nicht!« sagte Spiegel, der immer noch seine Nase rieb.

»Ihr müßt Euch verpflichten, den Stadthexenmeister Pineiß Euren Nachbar, zu heiraten auf die Weise, wie wir Euch sagen werden, und ihn nicht mehr zu verlassen!« Da fing die Hexe wieder an zu zappeln und zu prusten wie der Teufel, und die Eule sagte »Sie will nicht dran!« Spiegel aber sagte »Wenn Ihr nicht ruhig seid und alles tut, was wir wünschen, so hängen wir das Garn samt seinem Inhalte da vorn an den Drachenkopf der Dachtraufe, nach der Straße zu, daß man Euch morgen sieht und die Hexe erkennt! Sagt also Wollt Ihr lieber unter dem Vorsitze des Herrn Pineiß gebraten werden oder ihn braten, indem Ihr ihn heiratet?«

Da sagte die Hexe mit einem Seufzer »So sprecht, wie meint Ihr die Sache?« Und Spiegel setzte ihr alles zierlich auseinander, wie es gemeint sei und was sie zu tun hätte. »Das ist allenfalls noch auszuhalten, wenn es nicht anders sein kann!« sagte sie und ergab sich unter den stärksten Formeln, die eine Hexe binden können. Da taten die Tiere das Gefängnis auf und ließen sie heraus. Sie bestieg sogleich den Besen, die Eule setzte sich hinter sie auf den Stiel und Spiegel zuhinterst auf das Reisigbündel und hielt sich da fest, und so ritten sie nach dem Brunnen, in welchen die Hexe hinabfuhr, um den Schatz heraufzuholen.

Am Morgen erschien Spiegel bei Herrn Pineiß und meldete ihm, daß er die bewußte Person ansehen und freien könne; sie sei aber allbereits so arm geworden, daß sie, gänzlich verlassen und verstoßen, vor dem Tore unter einem Baum sitze und bitterlich weine. Sogleich kleidete sich Herr Pineiß in sein abgeschabtes gelbes Samtwämschen, das er nur bei feierlichen Gelegenheiten trug, setzte die bessere Pudelmütze auf und umgürtete sich mit seinem Degen; in die Hand nahm er einen alten grünen Handschuh, ein Balsamfläschchen, worin einst Balsam gewesen und das noch ein bißchen roch, und eine papierne Nelke, worauf er mit Spiegel vor das Tor ging, um zu freien. Dort traf er ein weinendes Frauenzimmer sitzen unter einem Weidenbaum, von so großer Schönheit, wie er noch nie gesehen; aber ihr Gewand war so dürftig und zerrissen, daß, sie mochte sich auch schamhaft gebärden, wie sie wollte, immer da oder dort der schneeweiße Leib ein bißchen durchschimmerte. Pineiß riß die Augen auf und konnte vor heftigem Entzücken kaum seine Bewerbung vorbringen. Da trocknete die Schöne ihre Tränen, gab ihm mit süßem Lächeln die Hand, dankte ihm mit einer himmlischen Glockenstimme für seine Großmut und schwur, ihm ewig treu zu sein. Aber im selben Augenblicke erfüllte ihn eine solche Eifersucht und Neideswut auf seine Braut, daß er beschloß, sie vor keinem menschlichen Auge jemals sehen zu lassen. Er ließ sich bei einem uralten Einsiedler mit ihr trauen und feierte das Hochzeitmahl in seinem Hause, ohne andere Gäste als Spiegel und die Eule, welche ersterer mitzubringen sich die Erlaubnis erbeten hatte. Die zehntausend Goldgülden standen in einer Schüssel auf dem Tisch, und Pineiß griff zuweilen hinein und wühlte in dem Golde; dann sah er wieder die schöne Frau an, welche in einem meerblauen Sammetkleide dasaß, das Haar mit einem goldenen Netze umflochten und mit Blumen geschmückt, und den weißen Hals mit Perlen umgeben. Er wollte sie fortwährend küssen, aber sie wußte verschämt und züchtig ihn abzuhalten, mit einem verführerischen Lächeln, und schwur, daß sie dieses vor Zeugen und vor Anbruch der Nacht nicht tun würde. Dies machte ihn nur noch verliebter und glückseliger, und Spiegel würzte das Mahl mit lieblichen Gesprächen, welche die schöne Frau mit den angenehmsten, witzigsten und einschmeichelndsten Worten fortführte, so daß der Hexenmeister nicht wußte, wie ihm geschah vor Zufriedenheit. Als es aber dunkel geworden, beurlaubten sich die Eule und die Katze und entfernten sich bescheiden; Herr Pineiß begleitete sie bis unter die Haustüre mit einem Lichte und dankte dem Spiegel nochmals, indem er ihn einen trefflichen und höflichen Mann nannte, und als er in die Stube zurückkehrte, saß die alte weiße Beghine, seine Nachbarin, am Tisch und sah ihn mit einem bösen Blick an. Entsetzt ließ Pineiß den Leuchter fallen und lehnte sich zitternd an die Wand. Er hing die Zunge heraus, und sein Gesicht war so fahl und spitzig geworden wie das der Beghine. Diese aber stand auf, näherte sich ihm und trieb ihn vor sich her in die Hochzeitkammer, wo sie mit höllischen Künsten ihn auf eine Folter spannte, wie noch kein Sterblicher erlebt. So war er nun mit der Alten unauflöslich verehelicht, und in der Stadt hieß es, als es ruchbar wurde »Ei seht, wie stille Wasser tief sind! Wer hätte gedacht, daß die fromme Beghine und der Herr Stadthexenmeister sich noch verheiraten würden! Nun, es ist ein ehrbares und rechtliches Paar, wenn auch nicht sehr liebenswürdig!«

Herr Pineiß aber führte von nun an ein erbärmliches Leben; seine Gattin hatte sich sogleich in den Besitz aller seiner Geheimnisse gesetzt und beherrschte ihn vollständig. Es war ihm nicht die geringste Freiheit und Erholung gestattet, er mußte hexen vom Morgen bis zum Abend, was das Zeug halten wollte, und wenn Spiegel vorüberging und es sah, sagte er freundlich »Immer fleißig, fleißig, Herr Pineiß?«

Seit dieser Zeit sagt man zu Seldwyla: Er hat der Katze den Schmer abgekauft! besonders wenn einer eine böse und widerwärtige Frau erhandelt hat.

Biographie

1819 *19. Juli:* Gottfried Keller wird in kleinbürgerlichen Verhältnissen als Sohn des Drechslermeisters Hans-Rodolf Keller und der Arzttochter Elisabeth, geb. Scheuchzer, in Zürich geboren.

1824 Tod des Vaters.

1825 Besuch der Armenschule in Zürich (bis 1831).

1826 Die Mutter heiratet den Gesellen Hans Heinrich Wild.

1831 Eintritt in das Landesknabeninstitut in Zürich (bis 1833).

1833 Keller besucht die kantonale Industrieschule in Zürich.

1834 *9. Juli:* Als Rädelsführer eines Schülerstreiches wird Keller von der Schule verwiesen.
Scheidung der Mutter.
September: Beginn einer Lehre als Lithograph in Zürich (wahrscheinlich bis Sommer 1836).
Erste Skizzenbücher mit Landschaftszeichnungen.

1836 Briefwechsel mit dem Künstlerfreund Johann Müller und gemeinsame Naturstudien.

1837 *Sommer:* Begegnung mit dem Landschaftsmaler Rudolf Meyer.
November: Beginn des Zeichenunterrichts bei Meyer (bis März 1838).

1838 *14. Mai:* Tod seiner Jugendliebe, der Cousine Henriette Keller.

1840 *26. April:* Reise nach München zur künstlerischen Ausbildung.
Aus finanziellen Gründen kann Keller nicht an der Akademie studieren und nimmt vorübergehend Unterricht bei dem Landschaftsmaler Scheuchzer, einem entfernten Verwandten.
Mitte August: Schwere Erkrankung an Typhus.

1842 *November*: Rückkehr nach Zürich, wo Keller bei der Mutter lebt.
1843 *Frühjahr*: Wiederaufnahme des Naturstudiums.
Juli: Erste Gedichte entstehen.
1844 Freundschaft mit dem Dichter Ferdinand Freiligrath. Bekanntschaft mit dem Verleger und Schriftsteller August Adolf Ludwig Follen.
8. Dezember: Teilnahme am ersten Freischarenzug dogmatischer Protestanten gegen Jesuiten in Luzern.
1845 Als Kellers erste Publikation erscheinen die »Lieder eines Autodidakten«.
31. März: Teilnahme am zweiten Freischarenzug.
1846 *Frühjahr*: Der Band »Gedichte« erscheint.
Juni-Juli: Reise nach Graubünden und Luzern.
1847 *März-Oktober*: Aufenthalt in Hottingen bei dem Schriftsteller Wilhelm Schulz.
Sommer: Unglückliche Liebe zu Luise Rieter.
Volontariat in der Staatskanzlei des Kantons Zürich unter dem späteren Förderer Alfred Escher.
1848 Stipendium der Züricher Regierung (bis 1852).
September: Reise nach Heidelberg. Studium an der Universität, u.a. Vorlesungen bei Ludwig Feuerbach.
Freundschaft mit dem Literaturhistoriker Hermann Hettner.
1849 Persönliche Bekanntschaft mit Feuerbach und Verkehr in dessen Haus.
Arbeit am »Grünen Heinrich«.
Unglückliche Liebe zu Johanna Kapp.
Kontakte zu seinem späteren Verleger Eduard Vieweg.
Wiederaufnahme der künstlerischen Tätigkeit.
1850 *April*: Keller reist nach Berlin (bis November 1855).
Verkehr in den literarischen Salons von Fanny Lewald und Karl August Varnhagen von Ense.

1851 »Neuere Gedichte«.
Winter: Schwere Krankheit.
1853 Zusammentreffen mit dem Verleger Julius Levy (genannt Rodenberg).
Dezember: Die ersten drei Bände des »Grünen Heinrich« erscheinen.
1854 *Frühjahr*: Keller lehnt die angebotene Professur für Literaturgeschichte am Polytechnikum ab.
1855 *Frühjahr*: Fertigstellung der ersten Fassung des »Grünen Heinrich«.
Mai: Der »Grüne Heinrich« erscheint.
Unglückliche Liebe zu Betty Tendering.
Mai-August: Keller arbeitet an der Niederschrift von fünf Seldwyler Erzählungen.
November: Rückreise nach Zürich mit Zwischenaufenthalt in Dresden.
1856 In Zürich wohnt Keller wieder bei der Mutter.
Freundschaftlicher Umgang mit Gottfried Semper, Friedrich Theodor Vischer, Jacob Burckhardt, Richard Wagner und Mathilde Wesendonck.
Der erste Teil der Sammlung »Die Leute von Seldwyla« erscheint.
»Romeo und Julia auf dem Dorfe« (Novelle).
1857 *Juli*: Beginn der Freundschaft mit Paul Heyse.
Dezember: Keller lehnt die Stelle des Sekretärs des Kölnischen Kunstvereins ab.
1858 *Frühjahr*: Keller schreibt die Erzählung »Das Fähnlein der sieben Aufrechten« (im Berliner »Volks-Kalender für 1861« veröffentlicht).
1861 Keller wird zum Ersten Staatsschreiber des Kantons Zürich gewählt.
Dezember: Umzug mit der Mutter und der Schwester in die Amtswohnung in der Staatskanzlei.

1864 *5. Februar:* Tod der Mutter.

1865 In der »Deutschen Reichs-Zeitung« erscheint die Erzählung »Die mißbrauchten Liebesbriefe«.
Bekanntschaft mit der Pianistin Louise Scheidegger von Langnau.

1866 *Mai:* Verlobung mit Louise Scheidegger.
12. Juli: Freitod Louise Scheideggers.

1869 Ehrendoktor der Universität Zürich.
Freundschaft mit Adolf Exner.

1872 Die zwischen 1857 bis 1871 entstandenen »Sieben Legenden« erscheinen.
Sommer: Erste Begegnung mit Adolf Exners jüngerer Schwester Marie.
September: Aufenthalt in München. Bekanntschaft mit Jakob Baechtold, dem späteren Biographen Kellers.

1873 *September:* Auf Einladung Adolf und Marie Exners Aufenthalt am Mondsee, auf der Rückreise Abstecher nach München.
Dezember: Die ersten drei Bände der »Leute von Seldwyla« erscheinen in zweiter, vermehrter Auflage (Band 4 folgt 1874).

1874 *Juli:* Reise nach Wien und Reith in Tirol auf Einladung der Geschwister Exner, Rückreise über München.

1876 Keller legt das Amt des Ersten Staatsschreibers nieder und lebt bis zu seinem Tod als freier Schriftsteller in Zürich.
Mai: Beginn des Briefwechsels mit Wilhelm Petersen.
Bekanntschaft mit Adof Frey.
Oktober: Aufenthalt in München.
Oktober: Beginn des Briefwechsels mit Conrad Ferdinand Meyer.
November: Die »Zürcher Novellen« erscheinen in der von Julius Rodenberg herausgegebenen »Deutschen

Rundschau« (bis April 1877).
- 1877 *März*: Beginn des Briefwechsels mit Theodor Storm.
Dezember: Die Buchausgabe der gesammelten »Züricher Novellen« (2 Bände, vordatiert auf 1878) erscheint.
- 1878 *März*: Reise nach Bern.
Ehrenbürger der Stadt Zürich.
- 1879 *November*: Die ersten drei Bände des »Grünen Heinrich« erscheinen in neuer Fassung (Band 4 folgt 1880).
- 1881 *Januar-Mai*: Der Novellenzyklus »Das Sinngedicht« erscheint zunächst in der »Neuen Rundschau«, die Buchausgabe folgt im November.
- 1883 *November*: Die »Gesammelten Gedichte« werden veröffentlicht.
- 1884 *Oktober*: Besuch Friedrich Nietzsches.
- 1885 *Januar*: Bruch der Freundschaft mit Jakob Baechtold.
März: Vereinbarung mit dem Verleger Wilhelm Hertz in Berlin über die Herausgabe des Gesamtwerks.
Freundschaft mit Arnold Böcklin.
- 1886 Kellers Roman »Martin Salander« wird zuerst in der »Deutschen Rundschau« gedruckt und erscheint im November als Buchausgabe.
Oktober: Aufenthalt zur Kur in Baden.
- 1888 *6. Oktober*: Tod der Schwester Regula.
- 1889 »Gesammelte Werke« (10 Bände).
Juli-August: Aufenthalt in Seelisberg.
September-November: Mit Böcklin Kuraufenthalt in Baden.
- 1890 *15. Juli*: Nach sechsmonatiger schwerer Krankheit Tod Kellers in Zürich.

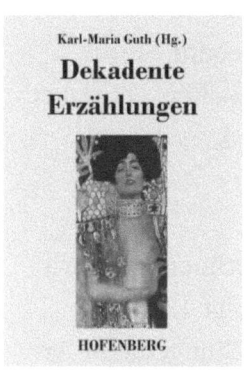

Dekadente Erzählungen

Im kulturellen Verfall des Fin de siècle wendet sich die Dekadenz ab von der Natur und dem realen Leben, hin zu raffinierten ästhetischen Empfindungen zwischen ausschweifender Lebenslust und fatalem Überdruss. Gegen Moral und Bürgertum frönt sie mit überfeinen Sinnen einem subtilen Schönheitskult, der die Kunst nichts anderem als ihr selbst verpflichtet sieht.

Rainer Maria Rilke Die Aufzeichnungen des Malte Laurids Brigge **Joris-Karl Huysmans** Gegen den Strich **Hermann Bahr** Die gute Schule **Hugo von Hofmannsthal** Das Märchen der 672. Nacht **Rainer Maria Rilke** Die Weise von Liebe und Tod des Cornets Christoph Rilke

ISBN 978-3-8430-1881-4, 412 Seiten, 29,80 €

Erzählungen aus dem Sturm und Drang

Zwischen 1765 und 1785 geht ein Ruck durch die deutsche Literatur. Sehr junge Autoren lehnen sich auf gegen den belehrenden Charakter der - die damalige Geisteskultur beherrschenden - Aufklärung. Mit Fantasie und Gemütskraft stürmen und drängen sie gegen die Moralvorstellungen des Feudalsystems, setzen Gefühl vor Verstand und fordern die Selbstständigkeit des Originalgenies.

Jakob Michael Reinhold Lenz Zerbin oder Die neuere Philosophie **Johann Karl Wezel** Silvans Bibliothek oder die gelehrten Abenteuer **Karl Philipp Moritz** Andreas Hartknopf. Eine Allegorie **Friedrich Schiller** Der Geisterseher **Johann Wolfgang Goethe** Die Leiden des jungen Werther **Friedrich Maximilian Klinger** Fausts Leben, Taten und Höllenfahrt

ISBN 978-3-8430-1882-1, 476 Seiten, 29,80 €

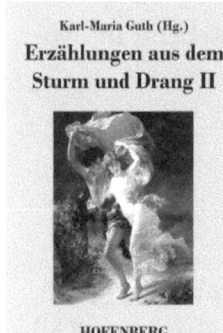

Erzählungen aus dem Sturm und Drang II

Johann Karl Wezel Kakerlak oder die Geschichte eines Rosenkreuzers **Gottfried August Bürger** Münchhausen **Friedrich Schiller** Der Verbrecher aus verlorener Ehre **Karl Philipp Moritz** Andreas Hartknopfs Predigerjahre **Jakob Michael Reinhold Lenz** Der Waldbruder **Friedrich Maximilian Klinger** Geschichte eines Teutschen der neusten Zeit

ISBN 978-3-8430-1883-8, 436 Seiten, 29,80 €

Erzählungen der Frühromantik

1799 schreibt Novalis seinen Heinrich von Ofterdingen und schafft mit der blauen Blume, nach der der Jüngling sich sehnt, das Symbol einer der wirkungsmächtigsten Epochen unseres Kulturkreises. Ricarda Huch wird dazu viel später bemerken: »Die blaue Blume ist aber das, was jeder sucht, ohne es selbst zu wissen, nenne man es nun Gott, Ewigkeit oder Liebe.«

Tieck Peter Lebrecht **Günderrode** Geschichte eines Braminen **Novalis** Heinrich von Ofterdingen **Schlegel** Lucinde **Jean Paul** Des Luftschiffers Giannozzo Seebuch **Novalis** Die Lehrlinge zu Sais
ISBN 978-3-8430-1878-4, 416 Seiten, 29,80 €

Erzählungen der Hochromantik

Zwischen 1804 und 1815 ist Heidelberg das intellektuelle Zentrum einer Bewegung, die sich von dort aus in der Welt verbreitet. Individuelles Erleben von Idylle und Harmonie, die Innerlichkeit der Seele sind die zentralen Themen der Hochromantik als Gegenbewegung zur von der Antike inspirierten Klassik und der vernunftgetriebenen Aufklärung.

Chamisso Adelberts Fabel **Jean Paul** Des Feldpredigers Schmelzle Reise nach Flätz **Brentano** Aus der Chronika eines fahrenden Schülers **Motte Fouqué** Undine **Arnim** Isabella von Ägypten **Chamisso** Peter Schlemihls wundersame Geschichte **Hoffmann** Der Sandmann **Hoffmann** Der goldne Topf
ISBN 978-3-8430-1879-1, 408 Seiten, 29,80 €

Erzählungen der Spätromantik

Im nach dem Wiener Kongress neugeordneten Europa entsteht seit 1815 große Literatur der Sehnsucht und der Melancholie. Die Schattenseiten der menschlichen Seele, Leidenschaft und die Hinwendung zum Religiösen sind die Themen der Spätromantik.

Brentano Die drei Nüsse **Brentano** Geschichte vom braven Kasperl und dem schönen Annerl **Hoffmann** Das steinerne Herz **Eichendorff** Das Marmorbild **Arnim** Die Majoratsherren **Hoffmann** Das Fräulein von Scuderi **Tieck** Die Gemälde **Hauff** Phantasien im Bremer Ratskeller **Hauff** Jud Süss **Eichendorff** Viel Lärmen um Nichts **Eichendorff** Die Glücksritter
ISBN 978-3-8430-1880-7, 440 Seiten, 29,80 €

Erzählungen aus dem Biedermeier

Biedermeier - das klingt in heutigen Ohren nach langweiligem Spießertum, nach geschmacklosen rosa Teetässchen in Wohnzimmern, die aussehen wie Puppenstuben und in denen es irgendwie nach »Omma« riecht.

Zu Recht. Aber nicht nur.

Biedermeier ist auch die Zeit einer zarten Literatur der Flucht ins Idyll, des Rückzuges ins private Glück und der Tugenden. Die Menschen im Europa nach Napoleon hatten die Nase voll von großen neuen Ideen, das aufstrebende Bürgertum forderte und entwickelte eine eigene Kunst und Kultur für sich, die unabhängig von feudaler Großmannssucht bestehen sollte.

Georg Büchner Lenz **Karl Gutzkow** Wally, die Zweiflerin **Annette von Droste-Hülshoff** Die Judenbuche **Friedrich Hebbel** Matteo **Jeremias Gotthelf** Elsi, die seltsame Magd **Georg Weerth** Fragment eines Romans **Franz Grillparzer** Der arme Spielmann **Eduard Mörike** Mozart auf der Reise nach Prag **Berthold Auerbach** Der Viereckig oder die amerikanische Kiste

ISBN 978-3-8430-1884-5, 444 Seiten, 29,80 €

Erzählungen aus dem Biedermeier II

Annette von Droste-Hülshoff Ledwina **Franz Grillparzer** Das Kloster bei Sendomir **Friedrich Hebbel** Schnock **Eduard Mörike** Der Schatz **Georg Weerth** Leben und Taten des berühmten Ritters Schnapphahnski **Jeremias Gotthelf** Das Erdbeerimareili **Berthold Auerbach** Lucifer

ISBN 978-3-8430-1885-2, 440 Seiten, 29,80 €

Erzählungen aus dem Biedermeier III

Eduard Mörike Lucie Gelmeroth **Annette von Droste-Hülshoff** Westfälische Schilderungen **Annette von Droste-Hülshoff** Bei uns zulande auf dem Lande **Berthold Auerbach** Brosi und Moni **Jeremias Gotthelf** Die schwarze Spinne **Friedrich Hebbel** Anna **Friedrich Hebbel** Die Kuh **Jeremias Gotthelf** Barthli der Korber **Berthold Auerbach** Barfüßele

ISBN 978-3-8430-1886-9, 452 Seiten, 29,80 €